UM DITADOR NA LINHA

ISMAIL KADARÉ

Um ditador na linha

Tradução do albanês
Bernardo Joffily

COMPANHIA DAS LETRAS

Copyright © 2022 by Librairie Arthème Fayard
Todos os direitos reservados.

Grafia atualizada segundo o Acordo Ortográfico da Língua Portuguesa de 1990, que entrou em vigor no Brasil em 2009.

Título original
Kur Sunduesit Grinden

Capa
Alceu Chiesorin Nunes

Preparação
Márcia Copola

Revisão
Érika Nogueira Vieira
Gabriele Fernandes

Dados Internacionais de Catalogação na Publicação (CIP)
(Câmara Brasileira do Livro, SP, Brasil)

Kadaré, Ismail
    Um ditador na linha / Ismail Kadaré ; tradução Bernardo Joffily. — 1ª ed. — São Paulo : Companhia das Letras, 2024.

    Título original: Kur Sunduesit Grinden
    ISBN 978-85-359-3750-3

    1. Ficção albanesa I. Título.

24-207096   CDD-891.9913

Índice para catálogo sistemático:
1. Ficção : literatura albanesa 891.9913
Eliane de Freitas Leite – Bibliotecária – CRB 8/8415

Todos os direitos desta edição reservados à
EDITORA SCHWARCZ S.A.
Rua Bandeira Paulista, 702, cj. 32
04532-002 — São Paulo — SP
Telefone: (11) 3707-3500
www.companhiadasletras.com.br
www.blogdacompanhia.com.br
facebook.com/companhiadasletras
instagram.com/companhiadasletras
x.com/cialetras

UM DITADOR NA LINHA

PRIMEIRA PARTE

A estação fica na calçada da direita. O trólebus é o número 3. Você percorrerá a rua até a praça Púchkin. Onde fica a estátua que você com certeza conhece: *Exegi monumentum** etc. Depois, vá pela sua direita, atravesse a rua Górki e poucos passos adiante começa o bulevar Tverskoi, uma travessa.

Depois disso é muito simples. A menos de um minuto de caminhada, na calçada à sua direita, você topará com a portaria do Instituto Górki. Topará, entende? Mesmo que não queira, tropeçará nela... Como não querer? Faz anos que sonho ir lá. Por que não quereria? Por quê? Isso não sabemos. Às vezes achamos que queremos uma coisa e na verdade não queremos.

Não, não. Penei tanto para chegar até aqui... Os trólebus relinchavam como cavalos selvagens. Havia buracos por toda parte. Até que, por fim, meus olhos avistaram a célebre estátua. Eu caminhava à direita dela, como tinham me recomendado...

---

* Em latim no original, cita um verso de Horácio: "Erigi um monumento mais perene que o bronze". (N. T.)

Qual estátua, rapaz? Você está delirando. Não há nenhuma estátua aqui... Como não há? A estátua de Púchkin. Passei por ela uma porção de vezes. Você se enganou, não há nada disso ali. Há, há, o mundo inteiro sabe: *Exegi monumentum*... você mesmo falou. Erigi um monumento... Continue, rapaz: Erigi um monumento para mim que mãos não logram erigir. Portanto, um monumento *nerukotvórni*.* Você caiu sozinho na arapuca. Um monumento erguido não por mãos, mas por espíritos, disse o poeta.** Portanto, uma estátua que ninguém enxerga, só os idiotas. Tal como vocês, alunos do Instituto Górki.

Nós não éramos assim. Vocês eram piores. Cada um sonhava derrubar a estátua do outro, para erigir a sua. No evento de Pasternak? Nunca, não foi assim. Foi outra coisa. Você esteve naquele evento? De jeito nenhum. O que você fazia na hora em que os outros apupavam? Observava uma garota aos prantos. Achei que fosse a sobrinha dele.

Você retorna depois de tantos anos para olhar de novo? Acha que o evento continua? Talvez. Na verdade, é possível que prossiga. Você pode identificar o local da aglomeração pelos gritos que se ouvem ao longe, mais fácil que pelo painel do portão. Em Moscou como em Tirana, é o mesmo barulho sem fim.

O pesadelo assim descrito se repetia por anos a fio, sob as formas mais inacreditáveis. Os gemidos do trólebus sobre as asperezas e buracos da rua. O monumento ameaçado. E as lágrimas, e a doce Moscou.

Eu estava a tal ponto seguro de que escreveria sobre isso que, sempre que havia uma oportunidade e me parecia que

---

* Em russo no original: "não feito por mão humana". (N. T.)
** Alusão a um verso do poeta russo Aleksandr Púchkin. (N. T.)

aquilo se consumara, até o suprimento das letras necessárias para criar as palavras estava alinhado em seu canto, expectante.

A aceleração das viagens dos sonhos era o mais fidedigno sinal de que o momento se aproximava. Sua confusão e sua carência de lógica aumentavam mais e mais. Às vezes o trólebus número 3 não se convencia de avançar. Era necessário despertá-lo a chicotadas. Eu me perguntava desde quando era assim. Fazia anos que deixara Moscou e era compreensível que muitas coisas houvessem mudado. Mas nunca me ocorrera que as coisas tivessem chegado ao ponto de chicotearem os trólebus.

Em Tirana prosseguia a campanha pelo descobrimento da vida real. Os escritores, quase sem exceção, tinham admitido que estavam em falta, sobretudo no que dizia respeito aos operários das fábricas, para não falar das cooperativas agrícolas. Enquanto isso eu, sem revelar a ninguém, começara a escrever o romance sobre Moscou, mas sem ter certeza se o levaria adiante. Em certos dias ele me parecia totalmente implausível, do mesmo modo como a própria Moscou assim se afigurava a nós todos. Com o rompimento das relações diplomáticas, desvanecera-se a última esperança de uma viagem até lá. Ao passo que à noite, em especial de madrugada, as coisas mudavam. Eu adormecia com a esperança de reencontros precisamente naquele sono. Mas era cada vez mais raro isso ocorrer. E, como se não fosse o bastante, o caos continuava a se adensar, a tal ponto que eu já nem sabia se era um caos que me entravava ou um que me estimulava a enfrentar o trabalho que tinha em mente.

Ao que parecia, prevaleceu a segunda alternativa. Ao contrário das fábricas e cooperativas, a Moscou de meu romance requeria desconhecimento.

Num dos sonhos, depois de atravessar a praça Púchkin quase me arrastando, deparei com a maioria dos estudantes reunidos. Eu quase pressentira, embora não possa dizer que não me surpreendi quando vi, meu nome nos cartazes. E logo em seguida comecei a escutar, cada vez mais nítidos, os gritos contra mim.

Entre os manifestantes havia alguns dos colegas de curso. Petros Anteos não sabia onde se esconder, ao passo que meu amigo do peito letão, Stulpans, tinha a cabeça entre as mãos.

O poderoso chefão telefonou para você de Tirana, disse um colérico bielorrusso. Ele mesmo, o Stálin de vocês, cujo nome não lembro.

Fiz que sim com a cabeça, mas ele não se acalmou.

Existem quantas versões sobre o telefonema dele?

Na verdade, eu não recordava, embora desejasse dizer que podiam ser três ou quatro, no máximo. Mas não cheguei a fazê-lo, pois acordei.

O telefonema de Enver Hoxha acontecera efetivamente, algum tempo antes. Era meio-dia, eu estava como de costume na Liga dos Escritores quando o vice-redator-chefe do jornal *Drita* me estendeu o telefone e disse que alguém me procurava.

Sou Haxhi Kroi, disse a voz. O camarada Enver Hoxha vai falar com você.

Eu não disse nada além de "obrigado"! Hoxha cumprimentou-me por um poema que o jornal acabara de publicar. Eu disse "obrigado" outra vez. Ele disse que gostara muito e eu, enquanto fazia um sinal para que os outros não fizessem barulho, sem atinar com outra resposta, repetira um terceiro "obrigado".

Que história é essa de tantos "obrigados" seguidos?, perguntou outro jornalista. Desde quando você é tão amável?

Eu não sabia como adverti-lo, apenas fiz outro gesto com a mão, de enigmático significado.

Era Enver Hoxha. Foi só o que consegui dizer quando desliguei.

Verdade? Como? Ele mesmo?

Sim, respondi.

Mas como? O que ele disse? E você? Como não disse nada? Respondi: Não sei. Acho que fiquei encabulado.

Contei sobre os cumprimentos e eles voltaram a exprimir sua inconformidade por eu não ter falado mais, apenas um me deu razão, esclarecendo que em ocasiões assim a língua trava...

Idiota, disse comigo ao bielorrusso do sonho.

Durante a campanha contra Pasternak, o telefonema entre ele e Stálin, sobre a prisão de Mandelstam, fora mencionado como um dos principais elementos para achincalhar o poeta. Em especial aquela passagem da conversa em que Stálin perguntava o que ele pensava de Mandelstam. Contavam-se cinco ou seis versões dela, mas dizia-se que havia muitas mais, uma pior que a outra.

Idiota, xinguei novamente o bielorrusso, mas dirigindo-me sobretudo a mim mesmo, por sonhar sonhos assim.

Isso não me impediu de cogitar por algum tempo se haveria ou não outra versão.

O camarada Enver Hoxha vai falar com você... O que você pensa sobre Mandelstam... Ou sobre Lasgush Poradeci, ou Pasko, ou Marko, que... prisão... quer dizer que mesmo se alguém acabava de sair da prisão... podia voltar de novo... Ou, mais simplesmente, que Agolli, Qiriazi, Arapi... que... prisão... quer dizer que embora eles ainda não tivessem sido presos. Numa palavra, o que pensa você sobre você mesmo?

Sobre este último, quer dizer, eu, a resposta seria mais fácil. Eu, como todos, penso em escrever sobre a vida... A despeito de um romance não publicado que pode se tornar um problema, remontando até a camarada N., sobre a vida estudantil em Moscou. Apesar de os acontecimentos transcorrerem longe, na costa do mar Báltico, num lugar chamado Dúbulti, numa colônia de férias para escritores.

O que pensa você sobre Pasternak?

A pergunta parecia inesperada, ainda que não o fosse nem um pouco. Na verdade, era a única que eu não queria que fizessem.

Pasternak? Eu nunca tivera a ver com ele. Um dia o avistara em Perediélkino, de longe. Embora isso fosse mencionado na continuação do romance, tinha a ver com a campanha que servia de pano de fundo aos acontecimentos. Havia uma pessoa próxima dele no Instituto Górki. Uma aluna do segundo ano, que tinha constantemente lágrimas nos olhos. Por motivos que se podem imaginar.

Eu estava pronto a discorrer sobre miudezas à toa, contanto que não fizessem a outra pergunta, que me parecia ainda pior, sobre o prêmio Nobel.

Era fácil retrucar que a maioria dos estudantes, embora gritassem em coro contra ele, só sonhavam com o prêmio. Porém, não se tratava deles, mas de mim mesmo. Iria dizer que ele nunca me passara pela cabeça? Claro que não. Passara, com frequência, principalmente depois, muito depois, quando correu o rumor de que eu estaria... na lista.

Ah, por isso a gritaria contra Pasternak é descrita de modo tão surpreendente, ao menos implausível. Como se não se tratasse dele, mas de um outro qualquer. Quem sabe você mesmo. Portanto, o nervosismo era ruim, mas ao mesmo tempo embriagador. Você, você mesmo, face ao seu país que o xinga e apupa na cara, com ódio e amor entrelaçados. Devolva aquele prêmio maldito, gritavam todos os estudantes, as mulheres grávidas, os mineiros de Tepelena. Ao passo que você, caprichoso, vacila entre receber e não receber, como se fosse a hesitação de Hamlet. E o patriarca Sterjo Spasse, tal como Kornei Tchukóvski, que foi à datcha de Pasternak, visitando sua casa: Quero a você como a um filho, hoje estou aqui, amanhã não estarei, em homenagem a nossas lembranças de Moscou... aceita esse fel antes que seja tarde!

Felizmente, é raro situações assim acontecerem. Aquelas que em minha mente eu chamava viagens moscovitas noturnas escasseavam toda vez que eu tomava notas para o romance. Este foi o único que já vinha me custando mais de dez anos. Eu escrevia às vezes algumas páginas, como se tentasse apaziguá-lo. Ou ao menos mostrar que não o abandonava.

Era como manter um pássaro, lindo mas perigosíssimo, numa gaiola. Havia ocasiões em que me enervava com ele e, naturalmente, comigo mesmo. A essência da exacerbação vinculava-se à obrigação de que todos (quero dizer o romance, eu próprio, algumas madeixas de garotas, Moscou, a arte) recordassem que eu assumira, sabe Deus perante quem, a missão de cumprir aquele... ritual.

Em outras oportunidades, quando eu pensava nas coisas mais calmamente, tudo me parecia bem natural. Não havia por que dramatizar ou queixar-me. Nem, menos ainda, chamar aquilo de obrigação ou... ritual. Impulsionava-me aquela mesma, eterna tentação, que uns chamam de dom e outros de loucura ou demônio. Ela dividia meu mundo em duas partes: aquela adequada ao livro e a outra, inadequada. Esta última era infinitamente maior que a primeira. Ao passo que a adequação era raríssima. E os sinais que ela emitia eram, assim, nebulosos, enigmáticos, até que um dia eu os capturava, sem desvendá-los até o fim.

Ocorria de Moscou irromper de repente na parte adequada do mundo, num dia em que se tornara inatingível. Haviam restado apenas as angústias da noite para substituir os aviões, vistos diplomáticos e aeroportos inexistentes. E, em meio a tudo, o procedimento mais seguro, capaz de irromper ali onde, como eu dissera em algum lugar, nem o mais tremendo tanque de guerra sobreviria: o romance.

Não causava espanto nenhum que Moscou tivesse se tornado inescapável precisamente no momento em que se tornara a inimiga número um de Tirana. Espanto poderia haver com Pasternak. O que queria ele na cidade que acabava de ingressar no meu reino? Em meio às madeixas de garotas e às cartas onde ainda se lia: Disseste que virias de novo.

Numa palavra, poderia eu escrever a elas sem Pasternak? Cada um com seus problemas. Ele com seu pesado fardo, eu com meus vaivéns estudantis.

Quanto mais eu procurava convencer-me de que não era difícil, mais intrincado me parecia. Até que compreendi que era impossível. Ele estivera ali... quando tudo aconteceu... Mais precisamente, eu estivera... ali. E não havia como dizer que não tive nada a ver com aquilo. Todos nós tínhamos a ver com aquilo. E sempre teríamos a ver, já que éramos da mesma tribo, dos escritores.

A questão da tribo desde a meninice tinha sido um dos enigmas que eu não entendia. Quando eu perguntava insistentemente por que algumas pessoas eram nossos parentes e outras não, vovó, depois de evitar algumas vezes a indagação, dissera que era a vontade de Deus, mas que eu não devia falar disso com ninguém.

Não me convenci. Parecia-me injusto que fôssemos obrigados a ter na parentela a curvada tia Bakushe e não, por exemplo, Laura Mezini, a bela ginasiana que se remexia tão encantadoramente ao andar.

O que pensa você sobre Mandelstam?
A resposta de Boris Pasternak: Somos diferentes, camarada

Stálin, era recordada cada vez mais frequentemente como a prova do abandono de seu amigo.

O que pensava eu de Pasternak?

A resposta: Somos diferentes poderia ser a mais fácil, pois assim parecia: outra nação, outro Estado, outra época, a religião também. E mais ainda a língua.

Ainda assim, éramos aparentados. E isso não podia mudar. Moscou tinha se tornado indispensável desde o dia em que se tornara adequada às artes. Consequentemente, o demônio da parentela artística tornava Pasternak indispensável.

Ao não o dispensar, eu me achava entre ele e o Estado comunista. Portanto, com o poeta contra o Estado. Ou com o Estado contra o poeta. Ou neutro, com ninguém.

Acontecera entrementes algo inacreditável: a possibilidade de ser contra o Estado soviético já não estava excluída. Porém, nunca no caso Pasternak. Cem vezes jamais. Conforme a óptica albanesa, o Estado soviético comprovava mais uma vez sua monstruosidade, não por ter maltratado o poeta, mas por ter sido excessivamente... indulgente!

Numa imaginária reunião de todo o campo socialista, ainda não cindido, após as palavras: Camaradas, Estados, países, irmãos comunistas, apareceu-nos um tremendo estorvo com um poeta nosso amparado pela burguesia mundial. Aconselhem-nos sobre o que devemos fazer com ele, eu tinha certeza de que ao menos dois Estados, a minha Albânia e a Coreia do Norte, seriam os primeiros a contestar: O que fazer? Todo mundo sabe. Aquilo que sempre fizemos: uma bala na cabeça e assunto encerrado.

O destino tornara possível o cenário absurdo: eu estar contra o Estado soviético. Mas o cenário alternativo, que eu estivesse, como ditava a lógica, com Pasternak, esse era inimaginável.

Contra os dois. Com um contra o outro. Com os dois. Com

nenhum. Todas as versões pareciam delirantes. A neutralidade despontava aqui e ali, mas em seguida recuava. Eu era um forasteiro, casualmente topara com aquela mixórdia. Eles que fizessem o que bem entendessem, se apaziguassem ou se arrancassem os olhos. Eu não tinha nada a ver com aquilo. Eu era diferente.

Somente uma gargalhada macabra poderia acompanhar aquele arrazoado. Eu não só tropeçara casualmente naquela história; estava mais mergulhado nela que qualquer outro. Não era apenas a questão do parentesco. Havia um encadeamento do terror. Ali em Perediélkino, no térreo de sua datcha, estendido na cama estreita como as dos soldados, Boris Pasternak entregava a alma, abatido pelo prêmio Nobel. Fazia mais de meio século que se concedia a honraria, o poeta russo era sua primeira vítima fatal. Seria pranteado como poucos pelos seus próximos, as crianças, Zinaída Nikoláievna, pessoas anônimas, a amante. Corria o mês de maio, eu ainda estava em Moscou e pressentia confusamente o misterioso vínculo que me ligaria a ele.

Os anos passavam. O vínculo não se desfazia, longe disso. Estava além de tudo mais, inclusive da minha vontade.

Por algum tempo eu não soubera ao certo se eram as madeixas e os olhos das garotas moscovitas que me conduziam a Pasternak ou se era ele que me levava a elas.

Era toda uma história de impossibilidades. A impossibilidade de rever aqueles olhos e cabelos que eu filmara com tanto ardor. Porém, não era nada face a outra impossibilidade, infindável e agourenta. Quando rompemos com o campo socialista, criara-se em nós a ilusão de que mais cedo ou mais tarde diríamos adeus àquele mundo. Entretanto, os sinais indicavam o oposto. Quanto mais o tempo passava, mais impossível parecia a separação. A triste história de Pasternak não era mais que um entre muitos testemunhos. Moscou e Tirana estavam prestes a se trucidar, mas quando se tratava do escritor maldito coincidiam na opinião e na sentença: sua reputação, boa ou má, diz respeito ao nosso mundo. Quanto ao mundo dos outros, esqueçam. Nada provém dali exceto veneno e luto.

Eu fora publicado ali e ainda não me ocorrera nenhuma desgraça. O mesmo acontecia com Pasternak antes do escândalo. Moscou recebera em silêncio a publicação do *Jivago*. Porém, se tínhamos algo em comum, era a metade silenciosa. Da outra, a ruidosa, não se sabia.

Eu escrevera uma parte do romance sobre meus anos em Moscou quando apareceram os primeiros rumores acerca de Estocolmo. As páginas do romance ora se iluminavam ora se ensombreciam ao sabor de um novo mistério.

Pensei que bastariam os rumores para que o desejo de levar adiante o romance por si só me impulsionasse. O provérbio da casa de enforcado, onde não se fala em corda, bastaria. Contudo, não ocorrera assim. Não acontecera sequer quando meu nome saiu na lista dos candidatos ao prêmio.

Como para testar a mim mesmo, abri as anotações do romance e, em lugar de me atemorizar com elas, agreguei-lhes alguma coisa, com uma mão que me dava a impressão de poder petrificar-se a qualquer momento. A princípio algumas linhas, depois páginas inteiras. A ameaça de que eu nem pensasse em ser famoso no outro mundo, junto com a reflexão de que todos nós não passávamos de prisioneiros em liberdade condicional, aparentemente não me constrangia.

Eu podia lembrar de tudo em Moscou, até das madeixas e das lágrimas e dos seios das garotas, tão raros nas letras albanesas, mas a memória de Pasternak permanecia interdita. Estar na lista do Nobel significava condenar-se à metade perigosa do prêmio. Coubera-me a sina de reviver as futuras penas dele, que a morte interrompera. Quisesse eu ou não, era o ator, obrigado a desempenhar seu papel. Enquanto tal, parecia-me natural que os outros pudessem esquecê-lo, mas não eu. Então sobrevinham outros dias em que a lógica oposta se impunha: todos podiam se permitir falar por você, exceto um, quer dizer, eu.

Entretanto, ocasionalmente surgia uma terceira dimensão, a da literatura, muito assemelhada aos sonhos, em que as inquietações, perigos e penas empalidecem, a ponto de se converterem em algo parecido com esboços alheios a você.

Nessa terceira dimensão eu, entre outras coisas, fizera algo estranho, inadequado e inteiramente inacreditável: completara o romance impossível.

Minhas inquietações, que eu gostava de chamar de angústias, no fundo, no fundo não pareciam tão dramáticas. Tudo seria mais como um jogo, do qual eu poderia sair quando quisesse, assim como se sai de um pesadelo, onde o horror, por maior que seja, sempre traz a marca de ser irreal.

Em ocasiões ainda mais raras, onde a mente, sabe-se lá por quê, não se permitia permanecer por muito tempo, parecia que eu mesmo trazia em minha vida algo similar: meu próprio, horripilante terror. Eu nunca chegava a atinar que terror seria esse, quando entraria em ação e contra o que se dirigiria.

O romance era a testemunha de todas essas visões. Estava diante de mim, palpável e belo. Era o que bastava para que eu o desse por concluído. Assim era ele: perfeito, ou, em outras palavras, acabado.

Involuntariamente, ocorreu-me o momento de suspense no teatro da antiga Acrópole, dezenas de séculos antes, em que a esposa de Agamenon, ao recepcionar e adular o homem a quem logo a seguir iria matar, pronunciara a frase dúbia: És um homem acabado.

Na minha cabeça, o romance estava perfeito, portanto acabado, o que quer dizer irrepreensível e ao mesmo tempo morto.

* * *

Ah, parece uma trilogia, disse o responsável da editora ao receber a pasta: *A ponte dos três arcos?* É o título geral ou...

É a primeira parte e ao mesmo tempo a trilogia completa.

Ele tinha o persistente mau hábito de, ao receber um manuscrito, começar a folheá-lo diante do autor.

A segunda parte deve ser sobre os Grandes Paxalatos, prosseguiu ele, como se falasse consigo mesmo. Muito interessante enquanto estruturação. Ao passo que a terceira... Ah, a terceira seria sobre Boris Pasternak... Ele quase soltou um grito de espanto. Assim será, disse eu, por que não? Como na época eu estava na lista não teria o direito de responder assim... Ou será que justamente por eu estar ali...

Em vez disso, pensei: Como, com todos os diabos, ele foi dar com o nome de Pasternak em todas aquelas seiscentas páginas de manuscrito?

Foi ele próprio quem deu a explicação.

Sem descolar os olhos do texto, começou a sorrir. Estou olhando o início de um capítulo, disse num murmúrio. Doutor, doutor Jivago... parece que a Rússia enferma está procurando um médico... Belíssima tirada.

Ah, suspirei em meu íntimo, aliviado. A disposição para dar explicações, suprimida por completo desde o instante em que eu entrara na sala dele, subitamente retornou.

Faz anos que eu desejava escrever algo sobre meus anos de estudante em Moscou. Até cheguei a iniciar um romance assim, mas escrevia de quando em quando. Uma coisa leve, lírica. Uma colônia de férias para escritores na costa do Báltico, perto de Riga. Belos crepúsculos. Jogos de pingue-pongue, uma garota chamada Birgita, como a metade das letãs. Ninguém pressentia a tempestade da grande cisão do campo socialista. Esta se aproximava junto com o outono em Moscou. E buscava o doutor... Jiv...

Eu sentia que, contrariamente ao meu costume, estava falando um pouco demais, como todos aqueles que se sentem culpados.

Em poucas palavras, Pasternak aparecia por acaso. Ao escutar o nome, ele balançou a cabeça, satisfeito. Aquelas cinco ou seis linhas eram de fato brilhantes. Bastavam elas para expor a situação.

Hum, murmurei comigo mesmo, tentando imaginar o espanto do outro quando visse que não eram cinco ou seis linhas, mas quase a metade do romance.

Eu gostaria que a conversa sobre o escritor maldito não se estendesse mais.

Portanto, aproximava-se o outono moscovita. Em outras palavras, histórias habituais de garotas, entre as quais ocorria a reunião do Pst.

Na verdade, fora uma garota, com lágrimas nos olhos, do segundo ano, que me chamara a atenção durante o evento. Alguém me dissera que era sobrinha de Pasternak, portanto era natural que chorasse enquanto ouvia os apupos contra o tio.

Mas, mesmo que não fosse assim, eu tinha a impressão de que as lágrimas femininas sempre me causavam mais impacto do que deviam. Até me agradava tomar os célebres versos de Pashko Vasa — "Chorai, moças, chorai, mulheres, com estes belos olhos que sabem chorar" — como uma oportunidade de explicar diferentemente a Albânia: não como outrora, a Albânia à luz dos arquivos medievais, dos documentos do Vaticano ou das ideias de Marx, mas sob outra óptica, uma explicação pelas lágrimas.

Todo o problema se resumia a que havia tempo não sabíamos mais chorar.

A ideia de que até um jumento perceberia que eu falava demais não chegou a me deter.

Aquela garota que sabia chorar, na verdade não era sobrinha, mas isso não fazia diferença.

Eu tinha a sensação de que o editor me ouvia desatento, como se tivesse a mente em outro lugar.

Talvez ele também se sentisse mal. (Doutor, não estou bem. Doutor Jivago.)

Aparentemente, os dois mal esperávamos para nos despedir.

Enquanto eu me afastava pela rua, fui pensando nos pormenores da conversa, sem atinar se ela havia ou não despertado suspeitas em relação ao texto. A menos que eu próprio as houvesse estimulado com minhas explicações desnecessárias.

Isso não impedia que eu as desenvolvesse com meus botões. Assim, a garota aos prantos não era sobrinha de Pasternak, mas filha de sua amante, uma certa Olga Ivínskaia, uma bela loura que na época dava muito que falar, pode-se imaginar por quê.

Então, era Irina, dezenove anos, mas isso, longe de mudar as coisas, no bom sentido da expressão, talvez só fizesse piorá-las...

Um mês mais tarde, quando entrei no escritório da editora para que me respondessem sobre o romance, a primeira coisa que tratei de perceber foi aquele inconfundível constrangimento que os escritores conhecem muitíssimo bem e que ocorre quando o editor tem objeções a uma obra.

Ao contrário da outra vez, os olhos dele me evitavam.

Quando fitei suas mãos, pareceu-me que elas tremiam levemente.

Não é possível, disse comigo. Caso as mãos de alguém devessem tremer naquele escritório, só poderiam ser as do autor.

Este livro é peculiar, disse ele, fixando um ponto à sua direita. Em seguida acrescentou, como se tivesse feito uma descoberta: Três obras, podemos dizer três novelas, ou romances, com um fio condutor.

Sim, repeti em tom baixo. Um fio condutor. Ocorreu-me até de chamá-la uma trilogia, mas...

Talvez trilogia fosse demais. Mas mesmo assim há um vínculo.

Há, repeti.

Ele falou algo sobre a primeira parte, A *ponte dos três arcos*, em especial sobre o número "três", que prenunciava, de alguma forma, a estrutura do livro.

Justamente, respondi. São três arcos simbólicos, por assim dizer. E pensei: Quantas banalidades estou dizendo.

Mas a seguir foi ele que pronunciou as palavras "trio simbólico".

Detivemo-nos mais um tempo na palavra "trilogia", até que, com certa carência de zelo, como eu gostaria de crer, passamos à segunda parte: a novela sobre a cabeça decepada de Ali Paxá de Tepelena, instalada no "nicho da vergonha" para que a multidão a contemplasse. (Traidor do império, ímpio, Jivago.)

Jamais me ocorreria que o enunciado do título O *nicho da vergonha*, em vez de me fazer acelerar a conversação, me levasse a prolongá-la.

A cabeça cortada do vizir rebelde, exibida no centro do Império Otomano, exposta à curiosidade dos moradores da capital. Os olhos fixos. Os olhos das massas. O terror no meio.

Fora o professor Tchabei, durante uma viagem que fizemos a Istambul, quem me explicara o sentido da inscrição otomana denominando o nicho: *Ibret Tashé.* "Aprende com a derrota." Tão parecido com tudo que acontece por toda parte.

Entretanto, assombrosamente, não evitei o tema. A cabeça

cortada daquele que errou. A cabeça do errado... O KGB... O gemido, doutor, doutor...

A conversação ficava cada vez mais perigosa. Subitamente, brotou-me na cabeça a pergunta: Eu tinha lá meus motivos para retardar a conversa sobre a terceira parte, a mais controvertida, o caso Pasternak; mas ele, o editor, por que o fazia?

Ele tinha às suas costas o Estado e isso bastaria para que me mostrasse os dentes o tempo todo. Querido amigo, aqui há certas coisas incômodas. Por isso tenho a obrigação de voltar a este texto uma vez, duas vezes, doze vezes se preciso.

Ocorre que ele continuava a mostrar constrangimento, dir-se-ia que a gafe, para não dizer a calamidade, fora cometida não por mim e sim pelos dois conjuntamente.

A mão direita começou a tremer levemente outra vez. Nos olhos ele tinha uma súplica, como se se tratasse de uma encrenca compartilhada. Tal como eu, ele se esquivava de Pasternak, sem se aperceber de que não adiantava nada.

Tive a impressão de que a custo me continha para não exclamar: Qual é o seu problema, homem?! E, como acontece com frequência, bem no auge da mixórdia ocorreu-me uma espécie de enigma da qual pouco se fala: o medo que acomete aqueles que nós, autores, deveríamos temer, os editores.

Algo assim me fora confidenciado, bem de passagem, por DD (Duplamente Dilaver, como o tínhamos apelidado). Vocês, autores, têm o hábito de falar de nós, mas muito poucos imaginam nossas provações.

Eu ouvira sem muita atenção, pois fora numa reunião fechada de gente de confiança do Estado, uma zona interdita a nós. Eles eram os guardas que nos vigiavam, portanto suas queixas nos evocavam o provérbio do cavaleiro que se queixa de dor nas pernas.

Segundo DD, não era nada disso. Após cada livro proibido,

vinha uma exaustiva investigação. Como foi que você, editor, não percebeu o veneno do autor? E essa pergunta, por mais fria que soasse, era a mais simples de todas. Tal como também a resposta: Fui ingênuo, cego, devido a minha superficialidade na compreensão do marxismo-leninismo. Sou culpado; que o Partido me puna.

O inesperado podia sobrevir numa variante invertida, onde, em vez de "Como foi que não compreendeu?", a pergunta era "Como foi que compreendeu?".

Depois da inevitável confusão inicial, quando a pergunta se fixava em "Como foi que compreendeu" tudo se complicava. O silêncio se tornava mais profundo. As desconfianças também. Onde você estava com a cabeça ao fazer uma interpretação tão errônea do texto? Onde estava com a cabeça ao solicitar que o autor suprimisse qualquer vestígio de ciúmes e sobretudo quaisquer tendências homossexuais do sultão? Agora deveríamos defender o sultão turco? Era isso?

Com cuidado, fomos nos afastando da segunda parte do livro e achegando-nos, quiséssemos ou não, à zona de perigo: Moscou. Por muito pouco já não ocultávamos que a encrenca era compartilhada. Sua voz soava espantosamente baixa quando ele me disse que o livro punha frente a frente duas... coisas... ou, mais precisamente, duas forças, ou tendências, não sabia como chamar... Em poucas palavras, o Estado soviético de um lado e face a ele o escritor Boris Pasternak. Ou, dito de outra forma, o escritor Pasternak e contra ele o Estado soviético. A peculiaridade, nesse caso, era que os dois lados, o Estado e o escritor, eram igualmente maus. Para não dizer um pior que o outro. Ao passo que você, como autor, e nós também não estamos nem com um nem com outro. Somos, como disse você, nem, nem. Em resumo, pouco nos importa que se engalfinhem.

Nem, nem, repeti comigo, assombrado com essa figura de linguagem.

Na realidade, fora mais ou menos o que eu pensara quando imaginara como tornar a obra aceitável. Eu era uma simples testemunha. Estivera presente ali onde tudo acontecera, não tinha por que me meter.

A neutralidade habitualmente era desaconselhável e, além do mais, já que meu nome era mencionado naqueles malditos rumores, minha neutralidade podia não parecer lá muito convincente.

Nem, nem, refleti outra vez, já com certa tranquilidade. Ele me olhou nos olhos pela primeira vez antes de prosseguir sua explicação. Com certeza não estaríamos de forma alguma com o Estado soviético, nem que o céu se precipitasse sobre nossas cabeças. Caso encerrado. Mas tampouco estávamos com o escritor.

Não percebi se ele desejava que transparecesse, ou só queria dizer, que, involuntariamente (por certo involuntariamente), eu ficara do lado do escritor.

Com o Estado soviético nunca, prosseguiu ele, sacudindo a cabeça como se proferisse um exorcismo... Mais ainda quando, ultimamente, haviam se manifestado sentimentos nostálgicos do tipo: Ah, temos saudades daquelas canções russas... etc., do tipo que se difunde às vésperas da descoberta de um complô. Talvez eu tivesse ouvido falar de uma prisão recente, justamente na editora.

Nossos olhares tinham permanecido cravados um no outro. Ali estava então a causa de seus cuidados. Agora eu não me surpreenderia se ele agregasse: Onde você foi desencavar logo esse tema e justo agora? Ou, pior ainda: Por que escolheu logo a mim?

Em vez disso, ele continuou a falar mal de Pasternak.

O Estado soviético merecia o fogo do inferno, mas, por favor, Pasternak tampouco era tolerável. De modo algum, repetiu pela terceira vez, sem desgrudar os olhos de mim.

Com certeza, respondi. Não creio que haja em meu livro nenhum indício nesse sentido.

Não quis dizer isso, interrompeu-me ele. De toda forma, ninguém poderia fazê-lo. Mil vezes não!

Eu lhe disse que talvez um enfrentamento desses poderia por si só criar algum sentimento de empatia com o indivíduo isolado.

Precisamente... Você silencia... E isso cria uma treva que não oferece esperança alguma. E a gente sente os olhos da multidão que não se desviam: uma parte com ódio, outra com desprezo, alguns com piedade... Contudo, ninguém poderia cogitar que em meio a tamanha treva você, quero dizer, Pasternak... ou seja, quem quer que tivesse sofrido semelhante destino... poderia experimentar algo sumamente raro, em que a treva e a luz se confundem como nunca: a embriaguez da queda.

Você suspira consigo: Grita, povo selvagem, desmiolado, e imediatamente, para sua surpresa, um mistério nunca dantes contemplado o assalta e você sente uma forte deferência para com seu interlocutor.

Você o vira aclamado, sorrindo de orelha a orelha em eventos festivos, e de repente ele aparece sob outro ângulo, sombrio e ameaçador; mas você torna a desabafar: Grita, espuma de raiva, um dia você há de me agradecer, talvez, por ter lhe dado essa possibilidade.

Apesar de todos os esforços para prolongar por pouco que fosse a parte leve do romance: a costa do mar Báltico, o cair da tarde, o jogo de pingue-pongue, o olhar pensativo da garota que acompanhava o bailado da bola, nada conseguia deter a aproximação do sombrio outono moscovita.

Eu quase sentia o cair das folhas em meio ao silêncio. Passávamos ao trecho do gemido, doutor, doutor... da Rússia; mas ele não mostrou, como anteriormente, o menor entusiasmo.

Espere mais um pouco, disse eu àquela que eu imaginava como uma máscara protetora. Em seguida, consolei-me, pois ao menos ele não fizera nenhum reparo.

Depois disso vinham as noites delirantes, em que escritores bêbados confidenciavam os enredos de suas obras e um mongol era atirado do quarto andar.

Qual a sua opinião sobre aquela garota aos prantos?

O quê?

Aquela moça que eu julgava ser sobrinha de Pasternak mas na realidade era filha da amante dele.

Ele aquiesceu com a cabeça. Era a terceira vez que eu o indagava, ele até chegara a recordar o nome dela, Irina, mas pouco me importava passar por esquecido. Aquela descrição me parecia um trecho salvador e eu não me separaria dela tão fácil. Tratava mais uma vez de lágrimas femininas e atmosferas esvoaçantes, tal e qual no início do romance. Numa palavra, uma história de lembranças.

Ela de fato se chamava Irina e, como se não bastasse o caso de sua mãe com Pasternak, era ela própria noiva de um francês.

Ah, fez ele, um tanto surpreso. Não recordava esse detalhe de sua leitura e esclareci que não o precisara para não deixar o romance pesado.

Ele fez outro "ah", com uma despreocupação que me pareceu ofensiva.

Nós o chamávamos assim, "o noivo francês", *frantsúski jenikh*, prossegui teimosamente. Naquela época, os noivados com estrangeiros não eram nada de mais. Você desembarcava no aeroporto de Tirana, e na alfândega, assim como declarava algum gravador ou televisão que trouxera de Moscou, apresentava com naturalidade a moça ao lado: Esta aqui é minha noiva.

Ouvi algo assim, disse ele. Hoje isso parece inacreditável, agregou, mas naquele tempo era assim, mais ainda quando a garota trazia nos braços um pimpolho. Assombroso, hein?

Ele me dirigiu um olhar como se dissesse: Não é? Assombroso. Enquanto eu me apressei a agregar um sonoro "porém".

Porém, na verdade, aquilo era somente para nós, os rapazes do Leste, por assim dizer, do campo socialista. Quando se tratava dos outros, os ocidentais, as coisas mudavam. De modo que o "noivo francês" de Irina não era pouca coisa.

Claro, disse ele, sem esconder certa impaciência. Ao que parecia, ia recuperando as ousadias de ator.

Irina, a despeito das lágrimas nos olhos, nos primeiros dias ainda não se dera conta de toda a verdadeira dimensão do escândalo. Até, conforme contava Dália Epschteiks, uma amiga dela que gostava de implicar com os bálticos de nosso curso, fora justamente Irina que relatara a cena grotesca no trólebus em que uma mulher, ao comprar uma briga com o cobrador, bradara: Com quem você pensa que está falando? Não sou uma qualquer, ouviu? Não sou nenhuma *jivaga*.

Veja, veja só, disse o editor, sem tirar os olhos do texto que folheava, tendo com certeza nas bordas suas anotações.

Ali tinha sequência a grande contenda planetária.

Depois de um longo silêncio, ele fez: Hum. Em seguida acrescentou: Mas esse Pasternak, nossa, também, não parecia ser nenhum anjo.

Recordei a célebre conversa telefônica com Stálin outra vez. De todos os episódios referentes a Pasternak, aquele telefonema, em especial a frase "Somos diferentes, camarada Stálin", era o que causava a pior impressão.

Eu esperei que ele dissesse algo ligado àquele diálogo, mas de repente me dei conta de que Mandelstam, assim como Anna

Akhmátova e até Ernest Koliqi, estava entre os nomes proibidos na Albânia, coisa que ele por certo sabia.

Não é nenhum anjo, prosseguiu o editor, e eu esperando que ele acrescentasse que não seria mau sublinhar isso, ao que eu retrucaria: Mas o que acentuar mais? Uma peleja como aquela jamais fora vista no mundo. E ele poderia replicar que de fato assim era, mas, nossa, eu talvez tivesse passado superficialmente por aquela contenda, de modo que... não se sabia mais como tratar o assunto.

Afortunadamente, ele não enveredou por essa embrulhada. Movia às vezes os lábios, como se estivesse a ponto de dizer: "Ora, ora, o que se há de fazer!", mas não ia além disso.

A refrega seguia adiante como se fosse o fim do mundo. Tudo ia por água abaixo e cada um tinha que tratar de salvar o próprio pescoço.

Súbito, assaltou-me a mente, como um relâmpago, a dúvida sobre se ele sabia ou não que eu estava na lista maldita. E junto com ela a reflexão de que a essência do problema, antes de remeter a escritores espiões ou evocações do *Inferno* de Dante, dizia respeito a mim mesmo: eu me identificava ou não com Pasternak?

Somos diferentes, camarada Stálin!

Assaltava-me uma espécie de negligência, sinal de uma extraordinária fadiga. Passei por mais essa, disse comigo, enquanto ele folheava o texto, sem saber direito o que já havia passado e o que restava.

Mas afinal a tortura ia acabando. Ele fechou a pasta, acompanhando o gesto com algumas palavras, mais ou menos como: Fiquemos por aqui. Esperaremos o que dirão os outros.

Podia-se imaginar quem eram os outros, porém ninguém saberia dizer com precisão. O Birô do Comitê Central, outros gabinetes que talvez ninguém soubesse quais eram. O próprio editor-chefe. E, com certeza, o chefe do chefe. Por trás do qual poderia haver ainda outro.

 Saí da editora sentindo algum alívio. Mas era um alívio letárgico. Pensei que talvez seria melhor eu não saber das coisas ao certo. Afinal de contas, aquela agonia acabara. E o alívio, fosse qual fosse, era, como a própria palavra apontava: um alívio.

 Ao contrário de todas as outras ocasiões, nas quais o prazo da espera pela deliberação definitiva sobre a publicação parecia dilatar-se mais e mais, daquela vez não foi assim. Por pouco não achei que desejava secretamente que continuasse a se estender.

 De quando em quando eu pensava no manuscrito, mas sem nenhuma impaciência. Os procuradores estão fazendo seu trabalho, dizia com meus botões. A designação "procuradores" compreendia, surpreendentemente, todos aqueles que poderiam estar lidando com o romance.

 Quando o editor, afinal, telefonou-me, quase comentei: Tão rápido?

 Como se tivesse captado meu pensamento, ele disse: Tivemos certa folga na gráfica nas últimas semanas. De modo que seu livro teve sorte.

 Ah, saiu?, disse eu, surpreso.

 Saiu, sim, respondeu ele, sem esconder seu contentamento. Eu podia passar à tarde para receber o primeiro exemplar.

 Fiz outro "ah", mas me contive, e abstive-me de comentar, meio por pilhéria, que daquela vez os procuradores tinham sido expeditos.

 No entanto, foi o que disse a ele assim que nos encontramos. Ele me olhou um pouco espantado.

 Quais procuradores?, indagou. Os procuradores irão vê-lo agora, que está impresso.

Ah, quer dizer que ainda não acabou...

Os procuradores raramente interferem, disse ele. Só em casos de violação da lei. Para dizer a verdade, eu mesmo não sei ao certo... Mas deixe isso de lado. Parabéns pelo livro.

Tomei-o nas mãos, não sem certo embaraço. Era uma sensação conhecida, mas bem distinta do que todos podiam imaginar. Nada agradável, longe disso. Algo gelado, quase ameaçador, emanava do livro. Era como se não viesse de mim. Que, ao ser transposto em caracteres gráficos, se alienara.

Quando o fitei assim, minha primeira reação defensiva foi estancar a hemorragia.

Um reflexo, como ocorre em situações de pânico, conduziu-me ao impossível: fazer o livro retroceder ao manuscrito e em seguida ao formato que tivera antes ainda.

Naquela projeção surrealista, eu não estava longe de imaginar-me relatando os acontecimentos a Pasternak oralmente, como um rapsodo dos Alpes Albaneses.

Em Estocolmo gorou...

Por mais ingênua e infantil que soasse aquela figura literária, ela não me impedia de prosseguir, ora no estilo dos rapsodos do norte, ora naquele de minha terra natal.*

Erguei-vos da tumba, Maksim Górki,
Pois o tsar torna a Moscou.

Caia em si, disse comigo. Em vez de lidar com maluquices, melhor seria ocupar-me do principal... Da essência. Uma palavrinha fácil de dizer, mas vá você achar a essência! Ela... a es-

---

* Kadaré nasceu em Gjirokastra, pequena cidade histórica no sul da Albânia. (N. T.)

sência... agora saíra à luz e não havia como reconduzi-la ao meu íntimo.

Quando o contaram a Zinaída,
Atou as mãos sem saída.

Em lugar de eu dizer "Basta!", substituí o nome da esposa de Pasternak pelo de Irina, a das lágrimas. E até, uma vez, por Helena...
O editor acompanhava-me com o olhar enquanto eu folheava o livro, como se buscasse algo. Agora eu enxergava com outros olhos a primeira parte da obra. Aquele bendito trecho inicial com o pingue-pongue no litoral do Báltico pareceu-me curto demais. Ao passo que a porção do *Inferno* de Dante, pelo contrário, estendia-se interminavelmente. Eu poderia ter evitado o diabo da comparação dos andares do alojamento do Instituto com os círculos dantescos, pensei. Sobretudo a menção a escritores espiões... Olhei para aquilo quase com assombro, como se não fosse eu que o tivesse escrito. Eu, tudo bem, mas aquele jumento do editor pode ter reparado, pensei. Para não falar dos procuradores.

Interrompi o folheio para indagar o que se passava com as detenções na editora.

As coisas estão feias, respondeu. A investigação vai cada vez mais fundo.

Os procuradores devem estar assoberbados, soltei, como que descuidadamente.

Eh, fez ele, dando a entender que, depois das conspirações descobertas no exército e na economia, outras eram esperadas. De modo que ninguém podia se sentir a salvo.

Então, eis a quantas andamos, pensei. Que cada um pensava em sua própria pele era sabido, mas eu não esperara que aquilo fosse dito pelo tipo que tinha diante de mim. Para meu espanto, ele não se esquivava do tema escabroso. Esperam-se complôs onde você nem imagina, prosseguiu. Após o petróleo, podia vir, por exemplo, a vez do cromo. Ah. E eles são estimulados de fora, digamos, pelos soviéticos?

Podem ser, podem não ser, disse ele, dando a entender que sabia alguma coisa mas não podia falar mais.

Ah, pensei, talvez fosse por essa razão que os procuradores já não sabiam com que se ocupar.

Ele baixou a voz: Sob esse ponto de vista, seu romance está saindo na hora certa. Uma tamanha ducha de água fria contra Moscou não tem precedente na literatura.

É mesmo?, disse eu, quase estupefato.

Ele baixou ainda mais a voz. Nos últimos tempos o filossovietismo andava esquecido. Os nossos, os daqui, mesmo assim andavam atentos. O diz que diz em torno de Moscou, do inverno russo e de tudo mais, que você conhece melhor que eu. Mas agora este romance diz alto lá! a todos. É outra Moscou que temos aqui.

Certamente é outra, respondi. Bem outra. Ainda assim, pensei, eu podia ter evitado a passagem dos escritores espiões. Não era por nada, mas eles pareciam tanto com os nossos. Na realidade, por falar em similitudes, muitas coisas se assemelhavam, para não dizer todas. E era compreensível, por tanto tempo tínhamos sido uma mesma família. Com os mesmos costumes, estereótipos, ou como se quiser chamá-los.

Esse raciocínio parecera me tranquilizar. Quando se tratava de semelhanças e cópias, podia-se até dizer que os lados nada deviam um ao outro. Para não dizer que, em certos casos, as piores coisas Moscou copiava... de Tirana.

O ritmo acelerado das reflexões ajudava, aparentemente, a rapidez do meu folheio. Vencidos os espiões, senti que passava para outros trechos perigosos mas com os quais agora eu parecia acostumado.

Eles que se assemelhem quanto quiserem, quase gritei. A essência era... O principal era que eu não me assemelhasse.

Que eu não me assemelhasse, repeti comigo mesmo. Nem a Pasternak nem a ninguém.

Portanto, eu não... Eles que se danassem. Não diriam a quem eu me assemelhava. Nem a ele nem a ninguém.

Eu era diferente, camarada Stálin. Diferente de Akhmátova, de Nadiejda Mandelstam, quer dizer, de seu marido, e sobretudo do Pst. E quanto àquela lista, eles que a agitassem quanto quisessem. Qualquer um podia fazer qualquer tipo de lista.

Súbito, antes que eu o compreendesse claramente, senti que algo atraía meu rancor. Um dito ou um sorriso irônico do editor, que seguia com os olhos o ímpeto com que eu quase arrancava as páginas? Pior ainda. A ironia vinha do próprio livro. De uma de suas frases. Ali estava ela, pela metade do capítulo 4, como que de tocaia. Quis fingir que não a via e seguir adiante, mas não pude. Era a carta de uma garota russa que o capeta em pessoa parecia ter me instigado a publicar. Na realidade era um PS, um postscriptum, no fim da mensagem. "Ontem a rádio falou o dia inteiro sobre um escritor que traiu e eu lembrei de você."

Eu estava petrificado. Aquele terror, que mais do que tudo eu tentara ocultar aos olhos de todos, eu mesmo, de próprio punho, proclamara como um idiota. Equiparara-me, portanto, a Pasternak, o escritor que traíra, e estávamos em 1976, o segundo ano em que eu figurava na mesma lista, tal e qual ele. E a proclamação fora feita não por algum burguês provocador, mas por minha querida moscovita, uma daquelas que se destacavam por seus doces epítetos, "meu pequeno traidor", deixe que o povo russo o xingue e o albanês também, você tem a mim...

Ô desgraça, pensei. Voltei a me chamar de idiota e dirigi à

garota um "cala a boca, *bliad*". Pela primeira vez na vida eu estava prestes a usar aquela palavra contra uma obra de arte.

Não era preciso continuar folheando o livro para que sua perfídia me assediasse. Toda a amargura de Moscou, com seus espiões, ferrovias e a epidemia de cólera, que eu descrevera em detalhe nas últimas páginas, transportara-se por si só para Tirana.

O que foi que você me aprontou, disse eu, a um só tempo para mim mesmo, para a garota da carta e para minha arte. Entrementes, das páginas do livro partia um desafio, desdenhoso e renitente. Detenha-me se for capaz. Está em suas mãos.

Por um instante meu olhar ficou como que preso numa armadilha, pairando no vazio. Estava de fato em minhas mãos deter aquela maravilha agourenta. Bastava eu dizer ao editor que iria rever o texto ainda uma vez, fazer alguns ajustes. Se preciso, arcaria com os custos…

Você poderia deter o romance, mas, ah, não ousa fazê-lo.

Bastou-me uma fração de tempo para compreender que não ousaria.

Nunca, disse comigo. Nunca jamais.

Mecanicamente repassei em espírito as últimas páginas, as do epílogo, onde, como se não bastasse a desolação da epidemia, eu próprio, agora já um personagem do passado, atravessava Moscou sobre um cavalo, junto com a garota da carta, aquela que eu quase xingara de *bliad*, quer dizer, de prostituta, dava no mesmo. Precisamente por ela eu me erguera do túmulo, pois empenhara minha palavra de honra, conforme uma antiga balada albanesa que havia anos eu tentava em vão escrever.

Aquela fadiga mortal me invadia outra vez. A evocação do epílogo do livro, longe de oferecer-me uma razão suplementar para suspendê-lo, fez-me pensar que, caso se tratasse de melhorá-lo e, portanto, de sofrê-lo, seria na verdade uma sorte sofrer por aquela maravilha.

A embriaguez da queda me acometera com mais força que nunca. Junto com ela, retornavam as palavras dúbias sobre o homem acabado, irrepreensível e ao mesmo tempo morto, tal como uma mulher se referira ao seu marido, pouco antes de assassiná-lo, dois mil e quinhentos anos antes, no teatro da Acrópole.

Aquele epílogo possuía os dois aspectos, a perfeição e a morte, pois era esse o destino que vez por outra condicionava a arte: não se podia ser irrepreensível sem ser também acabado.

SEGUNDA PARTE

Pasternak. Ponto. Com. E assim por diante. Óssip Mandelstam. Irina Émelianova. Ióssif Stálin. Ponto. Com. Anna Akhmátova. Nikolai Bukhárin. Nadiejda Mandelstam. Olga Ivínskaia. Georges Nivat. Zinaída Nikoláievna. Anne Nivat. Café Saint-Claude. (Inexistente.) Perediélkino. Ponto. Com.
Inacreditável.
Era fácil dizer, mas nunca se poderiam entrever suas proporções. O inacreditável era uma decorrência da época, o ano de 2015, num café de Paris, para não dizer que o mais inacreditável dos dois era a hora, uma hora da tarde, num pequeno restaurante na rua Monsieur-le-Prince, atrás de minha casa, onde Helena* e Irina Émelianova me esperavam para almoçar.
(Você vê esta moça dos olhos tristes? Etc. etc.) Era precisamente ela, tal e qual eu a evocara no romance de outrora.
Tinha sido já então inacreditável, *neveroiátni*,** quando a

---

* Esposa de Ismail Kadaré. (N. T.)
** Em russo no original, "inacreditável". (N. T.)

Irina dos anos moscovitas aparecera pela primeira vez em nosso apartamento do bulevar Saint-Michel, 63.

Dissemos as palavras "eu não acreditava em meus olhos" em francês, russo e albanês. E eu não me espantaria se ela passasse a mão pelos olhos, para secar, por fim, tanto tempo depois, suas belas lágrimas de outro século.

Irina, será que você imagina o que estou prestes a escrever? Eu esperava que Helena não houvesse lhe confidenciado que eu estava escrevendo novamente sobre Pasternak, mas, dessa vez, sobre apenas três minutos de sua existência.

Caso Helena ainda não tivesse dito nada, para evitar uma sombra inicial de desapontamento, mesmo que leve (tão pouco para este retorno a Pasternak?), eu teria que esclarecer que tratava dos três minutos da famosa conversa telefônica com Stálin... E, caso a contrariedade perdurasse (por que você escolheu justo esses três minutos?), eu procuraria explicar as razões...

Cansei-me um tanto, por não conseguir estabelecer quantos minutos tinham passado nas sete décadas da vida de Pasternak (às vezes chegava a trinta milhões, às vezes a quarenta), pus-me a pensar como explicar essa minha ideia fixa: uma homenagem, ainda que indireta, aos interlocutores telefônicos, Pasternak ou, valha-me Deus, Stálin. Ou quiçá um mistério talvez ligado a um deles. Eventualmente, aos dois. Para não dizer a mim mesmo. Ou ainda a nenhum desses.

Eu não chegava a percebê-lo. Parecia aproximar-me da coisa e logo ela me escapava.

Ah, aqueles três minutos! Tinham acontecido... tinham sido... (como falar de três minutos do longínquo ano de 1934?). Tinham... sido, portanto, numa tarde de junho, oitenta anos antes. E eu havia escutado falar deles quando tinha vinte e dois anos, no meu primeiro mês em Moscou. Em meio à tempestade contra Pasternak, eram aqueles três minutos que mais frequentemente vinham à baila. Havia até quem perguntasse: por que foram lembrar disso justo agora, após um esquecimento tão longo? E outros que retrucavam que com certeza a lembrança viera logo agora justamente por ser tão necessária para abater o poeta.

As infindáveis conjecturas sobre o fato jamais iriam ter fim. Nem as perguntas, naturalmente. Tornavam e retornavam sempre àquela tarde nunca esquecida. Eram narradas de diferentes maneiras. Eu mesmo escutara treze versões, até que um dia perguntara a meus botões: E você, o que nesses três minutos o atrai tanto?

Eu não soubera explicar, o que não me impediu de voltar a matutar tal como antes.

A explicação se afigurava não só impossível, mas pior ainda. Era indevida. Um mau sinal vindo de um mundo estranho. O poeta e o tirano não poderiam jamais estar no mesmo campo. Uma voz contestadora afirmava o contrário. Quisessem eles ou não, eram duas formas de uma mesma essência, o domínio. Prisioneiros um do outro no mesmo círculo dantesco. Torturadores e destruidores os dois, não importando se o fossem por três minutos ou outros tantos séculos ou milênios.

Havia sem dúvida alguma um vínculo a cimentar nosso mistério compartilhado. Quiséssemos ou não, o poeta entrava em cena, por assim dizer, não por vontade própria, mas porque assim o exigiam as leis da tragédia.

Assim, portanto, tinham se encontrado os três. Pasternak, Stálin, Mandelstam. Dois poetas com o tirano no meio. A primeira conjectura que ocorria era animadora: a união dos dois poetas para abater o tirano.

Os dois haviam desprezado aquele tirano, mais em segredo que às claras. Mandelstam o chamara de "o montanhês do Krêmlin". De Pasternak, dizia-se que o descrevera como um anão com corpo de adolescente e semblante de ancião. Agora o tinham ali, dois contra um, para aniquilá-lo cruelmente, como só os poetas sabem fazer.

No entanto, os tiranos também tinham suas espertezas. A possante dupla de poetas, Stálin saberia desfazer. A legenda da execração do companheiro de poesia fora calculada para durar gerações inteiras. Um quarto de século mais tarde, no outono moscovita do Nobel, ela dava seu primeiro fruto. Meio século depois, no terceiro milênio, frutificava em toda parte. Em Paris. Em Tóquio. Em Nova York. Desdobrava-se segundo por segundo e em cada detalhe. As palavras, as pausas, a respiração, se ocorrera à tarde ou à noite, o ato de desligar o telefone. A primeira palavra pronunciada. A resposta. O primeiro silêncio. A indecisão. A continuação. Os testemunhos pareciam concordar no início. Mais tarde, menos. Depois, não. Mas sem demora retornava a concordância.

Não por acaso era o enigma de todos nós, a começar pelas indagações sobre se o poeta seria vencido pelo tirano e se no fim submeter-se-ia ou não ao povo.

Das treze versões que eu tinha, cada uma acreditava, soberba e isoladamente, oferecer a verdade.

Era natural nessa história a advertência: cuidado, vá com calma. Fora, portanto, num dia de junho de 1934, Óssip Mandelstam acabara de ser preso. Moscou inteira comentava o acontecido quando o telefone tocara. Portanto, corria o mês de junho, seu vigésimo terceiro dia, e tudo começara com um telefonema de Stálin. A conversa fora entre ele e Pasternak. Na realidade eram três, de um lado a dupla de poetas, Mandelstam e Pasternak, do outro o tirano. A primeira ideia que ocorria a qualquer um era que Stálin tinha os dois na mão. A segunda, que não se sabia quem tinha quem na mão.

Era uma dupla apesar de tudo. Um par de poetas, um deles maior que o outro. Ao passo que o tirano era um só.

Conheciam-se pares ou trios de poetas, criados por eles próprios ou mais habitualmente pelos demais.

A dupla Mandelstam-Pasternak estava quase que na moda. Era uma época em que todos falavam dela, com tanta frequência que a pergunta de Anna Akhmátova — Mandelstam ou Pasternak, chá ou café — logo se tornara proverbial. Em outras palavras: de qual dos dois falaremos, caros convivas? O que desejam, chá ou café?

Os matizes se acumulavam, algumas vezes inopinados e sem sentido, como as comparações com Rosencrantz e Guildenstern, os dois companheiros de Hamlet, mas muitas vezes exatos e aflitivos: Pasternak, o sujeito da datcha, Mandelstam, o do casebre da deportação. O primeiro eterno vencedor, o segundo perpétuo perdedor. E assim por diante até face à Morte, que tanto os dividiu como os uniu para sempre. A morte de Pasternak, na datcha que ele conservou mesmo depois dos vitupérios, talvez porque ela o envergonhava mais até que qualquer afronta. E a morte de Mandelstam no casebre siberiano.

A primeira morte, causada por um prêmio Nobel, que abalou o mundo inteiro; a segunda, por tifo e fome, largamente ignorada. Ainda que fossem tão diferentes quanto podem ser duas mortes, eram ainda o que eram, mortes.

Todos os poetas se assemelham neste mundo, seja sob os fulgores da glória, seja na infelicidade.

Mandelstam e Pasternak se pareciam até sem o saber. Até sem o desejar.

Tinham quase a mesma idade. Estatura mediana. Mães pianistas judias, que adoravam Rubinstein. Ambos nasceram no inverno. Haviam se conhecido em 1922. Os dois se casaram naquele mesmo ano. Viajaram pelo Cáucaso, um na Geórgia, o outro na Armênia. Ambos experimentavam um sentimento de culpa face ao povo. Eram com frequência depressivos. Sofriam de insônia.

A similitude se irradiava até para fora deles, junto aos demais.

Amavam a ambos.

Ou a nenhum dos dois.

Também os imitavam.

Havia pessoas que queriam se parecer com um deles.

Outras, com o outro.

Outras ainda queriam imitar os dois ao mesmo tempo.

Para compreender melhor o que aconteceu com a dupla, há que se recuperar a atmosfera dos anos 1910 e 1920. Como se pressentisse a inaudita seca Krúpskaia-Lênin, que se aproximava, o panorama literário adquirira repentinamente uma sensibilidade nunca vista, aterrorizante e doentia, porém mesmo assim maravilhosa. As mais variadas tendências literárias, antes desconhecidas, os poetas futuristas, os parassimbolistas, os acmeístas, os pós-modernistas, os pré-pós-místicos, entravam e saíam de cena sem descanso. Clubes, salões literários, mulheres, naturalmente, brotavam onde menos se esperava. Suas plataformas eram nebulosas e as notícias, inacreditáveis. Comentava-se que Aleksandr Blok, o poeta mais mundano de então, era o presidente não proclamado da Organização dos Escritores de 1923, ou que morrera na miséria no mesmo ano. Apesar disso o janota, por capricho, de vez em quando encenava o *Hamlet*. Estouravam infindáveis querelas sobre quem violava com mais vigor a língua russa, os advogados ou os dentistas, entrelaçadas com boatos sobre as cinco irmãs Siniakova, das quais mais cedo ou mais tarde todos se enamoravam, "inclusive o dervixe Khliébnikov". Este último, pouco antes de sua morte em 1922, proclamara-se presidente do globo terrestre e um dos fundadores da língua "transmental" (telepática). Não faltavam desafios para duelos, especialmente no dia 29 de janeiro, a data em que Púchkin morrera duelando. Os suicídios eram sempre bem-vindos, mais ainda porque rareavam, como que tomados de pânico. Pasternak, a despeito do temperamento solitário, como se cumprisse dever envolvera-se quer nos primeiros, os duelos, quer nos últimos, os suicídios. Também era presença quase obrigatória nas noitadas poéticas, cujos cartazes anunciavam com toda a naturalidade: "Logo após o recital haverá o espancamento do poeta Chengueli". E, sem dúvida, ali surgira uma das primeiras tiradas de Pasternak, conforme sua amante Olga Ivínskaia: "Sou terrível, para mim só o mal é bom".

Ninguém poderia se jactar de ter escapado aos caprichos de seu tempo, sobretudo as similitudes. Havia diferentes opiniões acerca da aceitação por Púchkin do convite para o baile do tsar, onde este proclamara o término do banimento do poeta. Conforme alguns, o comparecimento fora fatal para Púchkin, enquanto para outros o convite enriquecera a literatura russa com uma década de pérolas. Não era difícil perceber que a polêmica tinha sua conexão com a atitude dos poetas de então face aos líderes comunistas, em primeiro lugar Stálin. Os que acompanhavam a vida literária chegavam às vezes ao ponto de, quase casual e inocentemente, fazer notar que a bela Natália Nikoláievna de Púchkin e a simpática Zinaída Nikoláievna de Pasternak tinham em comum o mesmo patrônimo, o nome paterno. Visto isso, não era um grande esforço transportar-se mentalmente do baile imperial de outrora, onde o tsar, com a mão no ombro do poeta recém-retornado, dizia aos cortesãos: "Este é o meu Púchkin", para a sala do primeiro congresso do realismo socialista, cento e oito anos mais tarde, em que Bukhárin pronunciou o discurso de abertura e Pasternak, presente à mesa, dirigiu uma das sessões. Ao passo que, na penumbra de um camarote, Stálin seguia com os olhos o "seu Pasternak", dois meses após o telefonema, tendo bons motivos para esperar que, apesar de sua arrogância, todos baixariam a cabeça um após outro. Todos, sem exceção, desde o obstinado e áspero Bulgákov até as graciosas damas, Akhmátova-Tsvetáieva, e aquele que lhe parecia o mais irrecuperável de todos, Platónov.

Numerosos espias transmitiam-lhe toda sorte de dados sobre eles, desde os hábitos e doenças até as amantes secretas. Pasternak, por exemplo, ostentava sem constrangimento a coroa de poeta número um do país. Mandelstam não se sabia. Cada um tinha seu tipo de insônia (ao menos era o que diziam duas das cinco irmãs S.). E assim por diante.

Os aduladores podiam talvez especular por que ele se interessava por seus caprichos. Não seria melhor deixar que se engalfinhassem entre si?

Era fácil mencionar, mas nada fácil compreender, o que se passava no caos moscovita. As suspeitas brotavam ali onde menos se esperava, a ponto de, certo dia, passando eu como de costume pela estátua de Púchkin, assaltar-me a ideia de que a escultura não era o que julgava e sim o seu oposto.

Mais que a brutalidade da suposição, assombrou-me a convicção íntima de que assim eram as coisas e ponto-final. Ao longo daqueles dias todos eu ficava rabiscando, como em geral acontecia durante as aulas mais maçantes, esforçando-me para traduzir O *monumento* de Púchkin, mais precisamente seu primeiro verso:

Iá pámiatnik sebié vozdvig nerukotvórni

Parecia-me algo intraduzível, opinião compartilhada pela maioria dos meus colegas do curso, que tinham tentado em vão converter aquilo para a língua de cada um. Curiosamente, todos tropeçavam na palavra *nerukotvórni* (não feito por mão humana), que era a chave do verso.

Um monumento erigi para mim que mãos não logram erigir.

Impossível imaginar tradução mais abjeta.

Fosse como fosse que o tomássemos, como um conceito religioso, um repto, uma blasfêmia, seu apelo continha em si o impossível. O poeta afirmava que havia erguido um memorial específico, de um tipo que as mãos não conseguem erguer. Portanto, um memorial que os olhos tampouco enxergam, ou, em outras palavras, inexistente. Numa palavra, um memorial que não era o que julgava e sim o seu oposto.

Por conseguinte, o início da proclamação de Púchkin poderia ter sido: *Um monumento contrário ao que julgava erigi para mim*. E, indo adiante com a mesma lógica, haveria ainda que especificar que tal monumento teria de ser erigido não pelo próprio poeta, mas naturalmente pelos outros, o que nos proporcionaria o direito de iniciar de modo totalmente distinto sua poesia epilogal: *Um monumento haveis erigido para mim que não era o que eu julgava e sim o seu oposto.*

Havia um problema entre as estátuas e os personagens que estas representavam, isso saltava aos olhos, mais ainda em Moscou. Algumas vezes parecia que o bronze tratava de esconder o conflito, mas outras vezes o mesmo bronze o deixava ainda mais evidente.

Um belo dia eu mencionei isso a David Samóilov, tradutor e editor de um livro meu de poesia, que seria publicado dali a pouco tempo em russo, em Moscou. Ele olhou-me com desconfiança e nada disse.

Não gostei daquele olhar e quase julguei que poderia retrucar-lhe que, em se tratando de suspeitas e enigmas, também eu sabia como era ser olhado assim, mais ainda quando meu ex-colega de curso, Stulpans, pouco antes tinha me confidenciado que, na realidade, meu David Samóilov chamava-se David Kaufman e só Deus sabia por que trocara de sobrenome.

Quanto mais avançava meu livro em russo, mais me parecia que se agigantava, no mesmo ritmo, a sombra do mistério em torno de Samóilov. Por trás de sua aparência um tanto apalermada, ocultava-se um poeta outrora importante, agora reduzido a tradutor de línguas menores. As palavras eram mais uma vez de Stulpans, mas soaram distintamente aos meus ouvidos. (Que o outro fora reduzido a um mero tradutor do albanês.)

Mal contendo minha cólera, eu lhe disse que o seu letão também era uma língua menor, porém Stulpans, conciliador como ele só, fez minha ira murchar quando concordou que era isso mesmo. Com certeza, assim era, exatamente, repetiu pela terceira vez, e até acrescentou que o albanês era mais valorizado na Europa que as línguas bálticas.

Mais tarde eu soube, ainda por Stulpans, que Kaufman tivera vínculos com o círculo de Pasternak e Anna Akhmátova, o que me agradou particularmente. Parecia-me que, quanto maior fosse o seu peso naquele círculo, mais a sério seria tomado meu livro, traduzido por ele.

O mistério em torno de Samóilov avolumou-se especialmente após o escândalo Pasternak, sobretudo quando começou o diz que diz a respeito dos três minutos de conversa com Stálin. Você é a pessoa que pode nos fornecer informação mais exata sobre aquele telefonema, disse-me Stulpans um dia, em tom de meia pilhéria. Precisei de algum tempo para dar-me conta de que eu podia ter Samóilov como fonte, já que ele tinha vínculos não só com Pasternak e Akhmátova mas com todo o círculo ao seu redor, Lídia Tchukóvskaia, Zamiátin, talvez o próprio Mandelstam.

Ah, disse comigo, enquanto retrucava que não acreditava que sua ligação fosse íntima a ponto de permitir conversas sobre coisas tão delicadas.

A ligação entre eles..., disse Stulpans, meditabundo. Então prosseguiu: Escute. Se havia alguém em toda Moscou capaz de elucidar o enigma daquela conversa, esse alguém só podia ser o meu David Kaufman.

Eu ri. A seguir foi a vez dele de rir também. Ri de novo. Disse que não estávamos nos entendendo: ele achava que eu achava que Kaufman perguntaria a Pasternak sobre a conversa?

Por que não achar?, retorquiu.

Justamente, disse eu. E então repeti a mesma palavra: justamente.

Debruçamo-nos sobre a palavra por um tempo, até que ele disse: Vamos com calma. Certamente, era assim que devíamos ir. Sucedera uma conversa entre duas pessoas. Para conhecermos a verdade, podíamos indagar aos dois, ou a nenhum dos dois. Na primeira variante, estava claro que o indagado seria Pasternak. Se não ele, quem? Stálin?

Ele tinha os olhos esgazeados quando os aproximou do meu rosto: Exatamente, disse num tom abafado, Stálin...

Eu poderia ostentar um olhar ainda mais perdido, arrancar os cabelos, gritar... O inimaginável fora dito. David Kaufman, o meu Samóilov, não precisava interrogar Pasternak, nem todos os acmeístas, a metade dos futuristas, junto com as cinco irmãs S., todos os cafetões do bulevar Tverskoi, e sim o próprio Stálin. E o faria não por dispor de algum vínculo especial com ele, mas simplesmente porque a filha de Stálin, Svetlana Allilúieva... também Svieta Stálina... ou Sviétik, como a chamavam afetuosamente os íntimos, fora sua amante.

Metade de Moscou sabia disso, exceto eu, ironizava Stulpans, apontando na minha direção um dedo ameaçador. Mostrou até o epigrama do bêbado Mikhail Svetlov: *Trudno liubit printsessu/ Kakoi slozhni, protsess mutchitelia* (Difícil amares uma princesa. Que difícil, torturante processo). Para não mencionar as palavras de dúbia interpretação de alguém dizendo que dormir com a pequena Stálina era como fazer amor com um mausoléu.

Eu me enredara a contragosto num dos mais perigosos segredos de Moscou. Cada vez que nos encontrávamos, eu postergava minha decisão de fazer a pergunta fatal, desencorajado pela face apática do tradutor.

Certa vez o vi num sonho, explicando num albanês precário sua história com Svieta.

Eu e Svieta conhecemos na casa de madame Mikoyan. Sviétik não era nada fria. Era vulcão. Você não. Você *niet* pergunta detalhes. Eles perigosos.

Eu fazia que sim. Seguramente os pormenores ainda eram perigosos. Mas eu não perguntaria sobre eles e sim sobre coisas mais simples, como, por exemplo, aquela conversa de três minutos com Pasternak.

Sem me ouvir direito, ele continuava a repetir: Perigo grande. Ora, ora! Até que acordei.

TERCEIRA PARTE

Possivelmente a curiosidade em torno do número exato de versões do telefonema Stálin-Pasternak foi estimulada pela leitura do livro *Stálin e Pasternak*, publicado em Moscou em 2009 e escrito por Izzi Vichniévski, um russo da era pós-comunista.

O ensaio era uma espécie de resposta, bastante contida, a outro russo, Benedict Sarnov, um conhecido crítico, ex-aluno do Instituto Górki e autor do livro *Stálin e os escritores*, publicado em 2008 também em Moscou.

Após um exame cuidadoso, Izzi Vichniévski, modestamente, divergia do número de versões apurado por Sarnov, doze, acrescentando uma, treze portanto.

Eu tenderia a dar mais crédito ao ex-aluno do Górki, por razões facilmente compreensíveis, já que tínhamos cursado a mesma escola.

As versões eram muitas. E duas delas bastariam para enevoar o ambiente. Conforme Vichniévski, o livro de Sarnov mencionava, junto com cada versão, sua época e circunstâncias. Os afamados versos de Mandelstam, escritos em 1933. A declamação destes para amigos em 1934. A prisão de Mandelstam em maio do mesmo ano. O primeiro encarceramento, na Lubianka, acompanhado de investigações e talvez torturas. Seguia-se o telefonema Stálin-Pasternak, em junho. A localização dos interlocutores: numa ponta o gabinete de Stálin no Krêmlin, na outra o apartamento de Pasternak na rua Volkhonka, em Moscou.

Eis o texto, conforme os arquivos do KGB:

PRIMEIRA VERSÃO

Piérvaia vérsia. Em todos os textos emprega-se a palavra de origem latina *"versio"*.

Quem telefona é Poskrióbichev, secretário de Stálin: "O camarada Stálin irá falar-lhe agora" (*Seitchás s vami budet govorit továrisch Stálin*).

Com efeito, Stálin toma o telefone:

"Há pouco tempo o poeta Mandelstam foi preso. O que pode dizer a respeito, camarada Pasternak?"

Boris ao que parece intimidou-se, pois respondeu:

"Eu o conheço pouco. Ele é acmeísta, enquanto eu pertenço a outra tendência. De modo que nada posso lhe dizer sobre Mandelstam."

"Ao passo que eu posso lhe dizer que você é um péssimo camarada, camarada Pasternak", disse Stálin, e desligou.

Sempre conforme Izzi Vichniévski, o texto foi extraído do livro de um certo Vitáli Chentalínski, *Os escravos da liberdade*, acompanhado da nota "Arquivos do KGB", com o lugar e a data de publicação, Moscou, 1995.

Não há nenhuma informação sobre a testemunha.

O texto é propício a se converter em boato. Enquanto tal, adéqua-se não só ao nível de um público comum, mas também à linguagem coloquial da época. Ajuda nesse sentido o emprego por quatro vezes, num texto de dez linhas, do termo "camarada", uma das formas de tratamento mais familiares do socialismo. Para o destinatário do boato, as coisas soam assim: o *camarada* Stálin telefonou para o *camarada* Pasternak para dizer que o *camarada* Pasternak era um mau *camarada*.

Uma pessoa que pela primeira vez travasse contato com esse texto dificilmente veria nele algo mais.

Informava-se sobre uma prisão, como coisa já sabida, o que era verdade, mas sem mencionar um motivo. Num exame mais comedido, isso não era uma lacuna especial. Podia-se declarar ou manter em segredo o motivo de uma prisão. Para seguirmos o raciocínio até o fim, a prisão podia ter um motivo e também podia não ter nenhum.

Longe de revelar a Pasternak, junto com a má notícia, o motivo, mesmo que de passagem, ou o tipo de motivo para o ato (atividade antissoviética, propaganda etc.), solicitava-se especificamente de Pasternak uma opinião sobre o colega, sobre o episódio. Por pouco não se fazia a pergunta: Prendemos seu companheiro, o que nos diz você? Fizemos bem ou não?

Pasternak se exprime vagamente, o que pode ser atribuído à surpresa, ao medo ou à recusa em estabelecer esse tipo de diálogo com o Estado.

Hoje, oitenta anos depois desses acontecimentos, as interrogações que se poderiam fazer seriam muitas, para não dizer infindáveis.

Por que Stálin telefonou e por que Pasternak assombrou-se? A detenção de um grande poeta seria chocante em Londres ou Paris, mas não na Moscou de 1934. O que esperavam um do outro o poeta e o tirano? Ocultariam alguma coisa? Temeriam aquilo que dissimulavam?

A única coisa que se depreendia claramente do texto mencionado era a frase de Stálin: "Você é um péssimo camarada, camarada Pasternak". É pouco demais para um texto de perto de dez linhas, que dali a pouco tempo completaria um século de intermináveis exames e reexames.

Em vez de solicitar uma explicação mais convincente, seria conveniente esmiuçar o texto linha por linha.

Abstraindo-se as palavras do secretário Poskrióbichev para anunciar ao poeta que Stálin falará com ele, toda a conversa, conforme essa versão, resume-se a apenas quatro frases.

As duas primeiras são de Stálin, que menciona a prisão de Mandelstam e pergunta ao outro o que pensa dele. A terceira frase, a única de Pasternak, é sua nebulosa resposta: "Nada posso lhe dizer sobre Mandelstam". Ao passo que a quarta frase, a última da conversação, expressa o desprezo de Stálin pelo interlocutor: "Você é um péssimo camarada, camarada Pasternak".

Na realidade, se há um enigma a buscar nessa conversa, ele reside exatamente em seu encerramento. Não há como desvincular dele a indagação sobre o porquê dessa ligação de Stálin.

Exclui-se que a razão do telefonema fosse apenas a notificação. A sondagem de uma opinião parece mais plausível. Não se exclui que tenha sido um teste, uma tomada de pulso, ainda que raramente isso seja feito pelos grandes chefes. Neste último caso, Stálin poderia ter sido mais claro. Prendemos Mandelstam. Fizemos mal? Precipitamo-nos ou, pelo contrário, já tínhamos aturado o bastante?

Pasternak provavelmente daria uma das seguintes respostas. Primeira: Um grande poeta não pode ser preso assim. Segunda: Vocês fizeram bem, que todos tenhamos isso em mente... Terceira: Não sei o que dizer (não me metam nessa história). Somos diferentes.

Pasternak pronunciou-se pela terceira.

Não seria difícil conjecturar as tréplicas de Stálin em cada um dos casos. No primeiro deles: Um grande poeta não pode ser preso assim? É natural que você pense desse modo, já que pertence à mesma raça. No segundo caso: Fizemos bem? Bravo (*Molodiéts*)! Era assim que o Partido queria seus artistas, implacáveis face ao inimigo. E no terceiro: Ah, não sabe o que dizer?

Não seria necessário imaginar a última alternativa, já que a conhecemos. E ela é a surpresa das surpresas, a mais contraditória, a mais chocante, a mais implausível: Você é um mau camarada!

Qualquer um ficaria boquiaberto com uma intervenção dessas. Stálin tomando as dores de Mandelstam, mesmo estando este encarcerado na Lubianka com algemas nas mãos?

Bastaria isso para trazer de volta a pergunta sobre o que conhecemos dessa história, o que não conhecemos e o que conhecemos erroneamente.

Aconteceu de fato uma conversa telefônica entre o chefe supremo do país e o grande poeta? Ou toda essa barafunda não passa de uma fantasia?

Há que se excluir esta última alternativa. Houve com efeito uma prisão, corroborada por muitas fontes. Assim como se comprova o inquérito, conduzido por vários investigadores, para não mencionar as torturas.

Por fim, houve uma morte, que não só confirmou fielmente tudo mais, como lhe deu um peso especial.

Dos três personagens do episódio, Pasternak, Stálin e Mandelstam, sabe-se que Óssip Mandelstam foi o encarcerado, o condenado e, por fim, o morto no degredo. Esqueçam-se então todas as demais perguntas para que apenas uma permaneça: Como é possível que o personagem mais comovente, para todos e talvez para o próprio Stálin, até mais comovente em vida que após a morte, tenha sido o único a perecer?

Avista-se de longe a sombra do enigma. Sem dúvida essa é uma das razões, talvez a principal, de o episódio ser relembrado cada vez mais frequentemente, quase um século depois de transcorrido. Dedicam-se a ele incontáveis dramas e ensaios, cogitam-se novas suposições, a imprensa mundial recupera seu início naquela tarde de junho de 1934 em que se deu o telefonema de Stálin. Todos os testemunhos se concluem com o desligar do telefone, mas na verdade o enigma não se desfaz. As interrogações se repetem: O que aconteceu realmente? O que escondiam Stálin, Pasternak, o próprio morto?

Pode ser até que quem mergulhe à procura do desconhecido conclua que as treze versões, as quais a princípio se mostravam excessivas, no fim da pesquisa deem, ao contrário, a impressão de serem insuficientes.

SEGUNDA VERSÃO

Sempre conforme Izzi Vichniévski, esta segunda variante baseia-se igualmente no citado livro de Benedict Sarnov. A primeira diferença visível é que desta vez a fonte do testemunho é mencionada. Trata-se de Galina von Meck, escritora, sobrinha de Tchaikovski e provavelmente amante de Mandelstam. O testemunho é extraído de suas memórias, *Assim eu os recordo* e *Guarde minha palavra*.

Eis o texto de vinte e três linhas:

"Aconteceu pouco depois da deportação de Mandelstam. Havíamos reunido um grupo de amigos para debater o que podia ser feito para acorrer em ajuda ao poeta. Pasternak estava atrasado. Por fim, bateram à porta. Evguiêni Kházin abriu-a. Era Pasternak, com a fisionomia transtornada, nervoso.

"'Aconteceu-me algo terrível', disse. 'Terrível; e eu comportei-me como um covarde!'

"Quando enfim consegui indagar-lhe, ele contou o que ocorrera. O telefonema do secretário de Stálin que procurava por Pasternak. As palavras: O camarada Stálin irá falar-lhe. O relato de Pasternak: 'Eu estava completamente chocado (*Iá bil v choke*)!'. Um instante depois ouviu-se a voz de Stálin, com seu característico sotaque georgiano: '*Eto továrisch Pasternak?*'.

"A resposta de Pasternak: 'Sim, camarada Stálin'.

"Stálin: 'Qual é a sua opinião sobre Óssip Mandelstam? O que fazemos com ele?...'.

"Em vez de procurar atenuantes para Mandelstam, Pasternak murmurou algo como (*chtó-to vródie*): 'Você sabe melhor que eu, camarada Stálin'.

"Na resposta de Stálin, dominou a galhofa: 'É só isso que você pode dizer? Quando nossos amigos caíam em desgraça, sabíamos melhor como lutar por eles!'.

"Depois disso Stálin desligou o telefone."

O nome da testemunha, ainda por cima com aquele estranho sobrenome, Von Meck, e sobretudo por seu status de mulher intimamente próxima, espicaçou a esperança de que aquela segunda versão havia de trazer novidades. Algo que, mesmo que não contestasse os acontecimentos em sua essência, adensasse ou dissipasse o nevoeiro ao seu redor.

Prisão. Inquérito. Degredo. Por fim, morte. Não se tem a impressão de poder procurar algo distinto entre essas trevas. Só mesmo caso se pusesse sob suspeita a própria conversação. O refrão era antigo: acontecera ou não acontecera de fato aquela conversa telefônica? Em relação a isso, não só as crônicas da época não deixavam espaço para a menor dúvida, como seria algo completamente inacreditável. Em primeiro lugar, caso se desse crédito a um semelhante conto de fadas, as suspeitas recairiam sobre um dos interlocutores, ou mesmo sobre os dois. Nem seria preciso dizer que uma coisa dessas, antes até de ser ilógica, seria apavorante. Ilógica para Pasternak, inventar um evento que o amesquinhava. Apavorante para Stálin, permitir a difusão de uma falsidade suscetível de ser contestada. Isso porque ele, longe de se opor ao reverberar dos acontecimentos, estimulara-os, conforme diversas fontes comprovavam. O próprio Pasternak testemunhou que perguntara a Poskrióbichev se podia compartilhar o delicado diálogo e que este respondera que seria natural fazê-lo. Ademais, as próprias dimensões da repercussão, que alcançou meia Moscou, só podiam ser explicadas por uma aquiescência da parte do Estado.

Ainda assim, não se podia descartar a indagação sobre se havia algo que não se conhecia por completo, ou que se conhecia erroneamente.

Esta segunda versão dá a impressão de que o motivo da culpabilização fica mais enfatizado. Enquanto na primeira versão já se subentende claramente a culpa de Pasternak, por abandonar o amigo em dificuldades, nesta segunda todo o peso do diálogo recai sobre ela. É precisamente ela que não conhecemos por completo. Stálin faz uma comparação por demais pesada, ao evocar seus amigos bolcheviques que não traíam seus companheiros.

À primeira vista, o motivo do paralelo remete diretamente à esfera moral: quem era mais magnânimo, mais clemente. Assim, a essência da conversação poderia resumir-se ao desejo de um aconselhamento; o chefe supremo buscava um estímulo ao perdão. O soberano solicitara ao poeta esse estímulo, mas o poeta, desgraçadamente, o desapontara.

Antes de examinar esse desapontamento, pode-se indagar: Stálin precisaria realmente da intervenção de Pasternak para abrandar a sentença de Mandelstam?

Essa pergunta poderia inclusive ser precedida por outra: Stálin realmente irritou-se tanto com o drible de Pasternak?

Como já dissemos, poderia ter acontecido o oposto: em vez de irritação, contentamento.

Ocorre que Stálin não queria parecer assim como o pintavam, impiedoso. Depreende-se desse diálogo que ele desejava se mostrar, ao contrário, como alguém clemente mas carente de amparo. Sentia-se claramente seu apelo: Ajude-me a ser misericordioso. Porém, todos lhe negavam auxílio. Queriam-no, pelo contrário, brutal, para que depois pudessem insultá-lo...

Pobre camarada Stálin. Não fora em vão o pressentimento de sua mãe caucasiana, quando o filho lhe fizera a derradeira visita, no povoado que ela jamais quisera abandonar... Sem dúvida ela estava comovida com todos aqueles louros e louvores que o mundo inteiro ofertava ao seu menino, mas isso não a impedira de dizer que, ainda assim, teria sido melhor que ele fosse padre...

O poeta e o príncipe. A comparação, mais precisamente a competição, velha como o mundo, tornara-se torturante sob o regime comunista. Evitava-se a denominação "príncipe", substituindo-a por "líder" ou "dirigente", mas o paradigma permanecera. Sabe-se que Lênin evitara aplicar o adjetivo "grande" aos poetas, de modo que este ficasse reservado apenas aos chefes políticos ou aos clássicos do marxismo.

O emprego da palavra estéril *svierkhpissátel* ("superescritor" ou "hiperescritor"), em seu macabro chamamento: "Abaixo os hiperescritores!", testemunhava um frio rancor pelos grandes escritores. Ele procurara mantê-lo oculto, o que talvez explicasse os problemas de Stálin a respeito.

Nem as pessoas mais próximas, talvez nem sequer ele próprio, sabiam como se comportar face aos "hiper": lisonjeá-los ou intimidá-los?

O dilema era obscuro, de um tipo que não admitia esclarecimento, talvez precisamente por vincular-se ao medo, que de repente mudava de lado, voltando-se contra o atemorizador. Ele sabia que jamais admitiria que o amedrontassem e, no entanto, quanto mais o tempo passava mais o medo se obstinava.

A pergunta assumia as feições de um mistério: os "hiper" eram ou não amedrontadores? O problema era que ninguém devia sabê-lo e, mais ainda, ninguém devia atrever-se a pensar que fosse possível saber.

Quando, de raro em raro, coisas desse gênero vinham à baila, ele, por trás de um semblante de menosprezo, aguçava a atenção para ver se captava algo. Recordava-se como exemplo o caso de Ricardo III da Inglaterra, que fora um rei como tantos outros, ao passo que seu "hiper", Shakespeare, metera na cabeça convertê-lo no monstro de um dos seus dramas.

Se o caso de Ricardo III era longínquo, assim como obscuro, no mínimo tinha similaridades com aquilo que na mente de Stálin figurava como "o mistério de Górki".

Ele jamais chegara a entender o apreço de Lênin pelo escritor. Lênin, que à frente do bolchevismo não temia a ninguém, desnorteava-se por completo quando se tratava de Maksim Górki. As instruções eram categóricas: a Górki não se inculparia de nada, erros, caprichos, costumes aburguesados à moda da ilha de Capri na Itália, o ultraje que fazia à Rússia soviética ao não retornar a ela. O mais espantoso era que não se apresentava nenhuma explicação para tanta magnanimidade. Quando o assunto aflorava, ocasionalmente, logo o olhar de Lênin se congelava.

Nas últimas semanas da vida deste, quando seus delírios apontavam claramente sinais de demência, Stálin tentara, entre outras coisas, compreender algo do enigma. O olhar do enfermo se petrificara como antes, enquanto seu balbuciar tornava-se ininteligível. Era algo ruim... que não devia se tornar conhecido... nunca... por ninguém. Nem por Krúpskaia, nem mesmo pelo próprio Stálin... E Górki jamais devia ser tocado... exatamente por isso... E que ninguém pensasse que podia calar o escritor pelos métodos usuais... Aquela maldade era do gênero que, quanto mais se mexia, mais perigosa ficava.

TERCEIRA VERSÃO

— Você ouviu falar que Bória Pasternak recusou-se a ajudar Mandelstam? Já escutei essa história duas vezes seguidas. Você, o que sabe?
— É o que eu sei, simplesmente. O próprio Bória contou-me. Stálin telefonou-lhe: Qual a sua opinião sobre Mandelstam? E Bória teve medo, começou com explicações de que não o conhecia bem, embora tivesse escutado que Mandelstam estava preso. Stálin ficou furioso... Nós não abandonávamos nossos companheiros quando caíam em desgraça... disse. E desligou o telefone.
— Você acha, portanto, que, se ele o tivesse defendido, então...
— Veja bem... Uma situação assim... era cheia de perigos, de modo que...
— Mas o que se arriscava?
— Diga-me, o que você contou sobre Pasternak, ouviu dele mesmo ou de Chklóvski?

— Foi ele próprio que contou a Maria Pávlovna. Ficou apavorado.

— Não deveria. Stálin era o tipo de pessoa que... Naturalmente, era um durão. Ainda assim...

(Da conversação registrada em gravador entre os conhecidos homens de letras S. P. Bobrov e B. Duvákin. *Óssip e Nadiejda Mandelstam*, Moscou, 2002.)

Nada de novo se apreende dessa versão, afora o incremento da aspereza em relação a Pasternak. A hostilidade de S. P. Bobrov ao poeta era bem conhecida. Se sempre fora assim, é um detalhe que poderia merecer alguma curiosidade. Quem sabe se acentuara com o correr do tempo, atiçada pelo problemático renome de Pasternak, sobretudo depois de sua "nobelíada".

Uma curiosidade um pouco mais específica poderia consistir em tentar entender se os ciúmes do ex-amigo conduziram à complacência para com o tirano, ou se esta independia deles.

Stálin, por mais durão que fosse... Stálin, ainda assim...

Desse maldito "ainda assim" brotava em geral o embelezamento, mesmo que envergonhado, do líder, e o menosprezo igualmente implícito do poeta.

A questão da aura do escritor ou artista fora desde sempre uma das mais complexas. O motivo era simples: sempre chegava o dia em que a sede de glória, assim como a inveja, vinha a público abertamente. A aura, a fama, boa ou má, era parte inseparável de um vaguear que nunca acabava. Quisessem ou não, os artistas achavam-se no centro disso. Face a estes, também independentemente de sua vontade, situavam-se os líderes da política, os patriarcas, os príncipes, os ídolos nacionais. A aura, benfazeja ou maléfica, incidia de modo distinto sobre os dois campos. E aqui eclodia a grande surpresa: o lado negativo da glória, a má reputação, era demolidor para os ídolos políticos mas impotente perante os artistas. Como se não fosse bastante, em vez de derrubá-los, muitas vezes os tornava mais atraentes.

Tem alucinações? É um mulherengo, desregrado, gosta de beber? O problema é dele. Escreve bonito? É o que interessa.

O comunismo sofrera particularmente com esse paradoxo que se perpetua em cada século e cada regime.

No início da Rússia soviética, pareceu que o sombrio fado dos escritores e artistas sucumbiria ao seu próprio peso. Bastaria lançar luz sobre seus segredos embaraçosos e eles empalideceriam um após outro, frente ao culto fulgurante a Lênin e Marx.

A espera foi longa e a desilusão deve ter sido amarga, em especial depois da intervenção de Sigmund Freud visando Dostoiévski. O rumoroso prefácio de Freud à edição parisiense de 1928 de *Os irmãos Karamázov*, em que Stálin depositara tantas esperanças de que junto com o grande escritor, acusado de parricida em potencial, fosse condenado igualmente o decadentismo russo, teve efeito oposto.

Ainda não se dispõe de dados indicando que o escrito de Freud tenha ensejado o início, mesmo que oblíquo, de uma ideia nova, de todo inesperada, vitimando a aura dos artistas. Em outras palavras, dada sua natureza tortuosa, o artista empregaria "os maus" para realizar o que "os bons" não conseguiam. Ou, alternativamente, não se esperasse que o prestígio do escritor ruiria caso ele se revelasse um tipo difícil, cínico, sombrio, desesperado. Longe disso: ele poderia perder tudo ao se mostrar sorridente, aberto, de alma limpa e acima de tudo lado a lado com o povo.

Este último traço, "lado a lado", era particularmente espantoso. Sua armadilha vitimou um dos talentos mais destacados da época, Mikhail Chólokhov. Seu romance *O Don silencioso* foi enaltecido como uma obra clássica da literatura, ainda que não girasse em torno de um personagem positivo, como exigia a doutrina, mas de alguém que vacilava entre a revolução e a contrarrevolução, inclusive pendendo mais para esta.

O próprio romancista aceitou, ou foi obrigado a aceitar, a interpretação meio oficial, meio populista de sua obra como um espelho da época, mas esse entendimento a custo se sustentava não fosse a ajuda da aparência externa das coisas. Chólokhov passou a ser apresentado em toda parte como o modelo de "escritor soviético", independentemente de quem fosse e como vivesse, distanciado de qualquer sombra duvidosa de solidão, embriaguez, mulheres, sempre sorridente, em fotos com seus camponeses do Don, com frequência vestindo uma camisa de colcoziano.

Todos os países que compuseram o campo socialista após a Segunda Guerra Mundial viveram dolorosamente a passagem de seus escritores de renome da era burguesa para a comunista. O terror e o cárcere eram os elementos mais visíveis do cenário. Os outros, os dramas íntimos, os constrangimentos, os consentimentos, até hoje ainda não examinados, foram também os mais incompreendidos.

Os comunistas temiam a arte. As diretivas de seus mais eminentes chefes, inclusive Lênin e Marx, eram tão rasas que milhares de trabalhadores torturavam seus miolos dia e noite para atinar o que Lênin quisera dizer em seu único folheto sobre literatura, A *organização do partido e a literatura do partido*.

Por incrível que pareça, ninguém ousava dizer que o hermetismo se devia a que o autor desse livro banal e cansativo parecia não saber de qual literatura tratava, se dos panfletos partidários ou da literatura propriamente dita. Folheando Karl Marx, não seria difícil verificar que o homem que dedicara a vida à derrubada violenta da ordem mundial, em dezenas de livros não incluíra meia página sobre os abalos que o derramamento de sangue humano acarreta.

Descuidar disso não significava apenas que ele nada compreendera de Homero e de Dante, era muito pior. Pode-se dizer que Karl Marx propôs à humanidade a grande carnificina, sem ao menos acompanhá-la com uma simples recomendação humanitária para se acautelar contra a morte da consciência!

Deter-se por aqui seria talvez a metade do mal. Porém, a outra metade, que se seguia, era ainda mais macabra. Cuidado com o acautelamento contra a morte da consciência! Em milhares de estudos, discursos e ordens do dia, a piedade, taxada de "debilitação da luta de classes", seria pintada como um sino aziago que só traria males para o proletariado mundial. Todos os países do campo, desde a pequena Albânia hiperstalinista até a imensa China, advertiam contra essa calamidade. Na Albânia, dos escritores não condenados, os dois mais destacados, Fan Noli e Lasgush Poradeci, possuíam relações ainda não satisfatoriamente explicadas com o regime comunista. Ambos vinham da monarquia e eram igualmente célebres, mas de celebridades distintas. O primeiro, Fan Noli, poeta e shakespearólogo, ex--conspirador, ex-primeiro-ministro da Albânia, terminara sendo um de seus bispos mas residindo nos EUA. Conforme se recorda com frequência, era provavelmente o único poeta na Europa que tivera um largo conflito com o rei de seu país, Zog, o qual chegara a derrubar e condenar à morte por contumácia, para depois ser derrubado e condenado à morte por contumácia pelo rival coroado.

Assim, após o afã muito albanês e balcânico com que se digladiaram, Fan Noli e Zog acabaram por se reconciliar em 1960, quando os dois tinham perdido a Albânia.

O outro poeta, Lasgush Poradeci, diferia do primeiro em

tudo, inclusive na aura, erótico-celestial. Versejava sobre amores e mulheres num mundo mais ausente que presente.

Inclusive ele assim se denominara: *Zog i qiejve* (Pássaro dos céus), ao que as más-línguas acrescentavam que, ao se aproveitar do nome do rei Zog, que quer dizer "pássaro" em albanês, ele lançava um aberto desafio ao monarca: Você é pássaro na terra, eu, no céu!

No entanto, o soberano albanês, coisa rara, aparentemente não se enciumava com os poetas. Talvez por isso, talvez horrorizado pelo que tivera que aguentar do outro poeta, Noli, Zog permanecera alheio, de modo que o poeta e o rei fingiam ignorar um ao outro.

Passada a barafunda da guerra, Lasgush Poradeci encontrou-se na era comunista, cercado de aclamações interrompidas por disparos dos pelotões de fuzilamento. Ele não se adequava a nada, nem sequer ao paredão; estava de tal forma defasado que qualquer condenação pareceria forçada. Ainda assim, como que para não deixá-lo a salvo, temporariamente, enquanto esperavam por algo mais sério, difundiram o rumor de que era doido, totalmente desmiolado.

O chefe comunista, Hoxha, talvez pouco à vontade com o que se poderia denominar "inexperiência em ciúmes monárquicos", imitou o ex-rei em sua atitude frente aos dois grandes do mundo da arte: reconciliou-se parcialmente com Noli e continuou a ignorar Poradeci.

Esta última postura era recíproca, muito conveniente para o poeta, embora não isenta de perigos.

O que efetivamente protegia Lasgush Poradeci era a máscara de Hamlet. Ainda agora, às vésperas da abertura dos arquivos secretos, não se conhece nenhum testemunho comprovando que ele se fingia de louco. Mais fácil acreditar que o era.

O discurso de Poradeci parecia pertencer a outro mundo. E

o mais surpreendente é que o discurso dos outros em relação a ele começava a mudar também. A primeira transformação era o uso da palavra "senhor", então sumida. Era, ao que parecia, a semente nebulosa em extremo da ideia de que talvez ele não sobreviveria. Esta espalhou-se por toda parte com inexplicável celeridade. Toda vez que o tema aflorava, encontrava-se alguém que indagava se ele estava vivo, e em seguida outro que respondia que não se sabia. Em consequência, raramente se achava alguém convencido de que o poeta estava vivo, ou morto.

Semelhantes boatos, como aqueles sobre se os poetas têm mais influência quando ausentes do que quando presentes, nunca saíam na imprensa. Assim como não saía uma linha acerca da decepção dos leitores de escritores da Hungria, dos Países Bálticos ou mesmo da Mongólia. Se eles não eram capazes de escrever livros atraentes, por incapacidade ou porque o realismo socialista não deixava, então que ao menos protagonizassem uns tantos escândalos como os de antigamente, envolvendo alguma morte ou um rumoroso divórcio.

O que era aquilo? Como começara? Como terminaria? Teria um término?

Todos se davam conta de que uma catástrofe acontecera na literatura. A investigação das causas da catástrofe, causas não encontradas, prosseguiria até hoje, quando estas linhas estão sendo escritas e os arquivos, finalmente, sendo abertos.

Conforme Joseph Brodsky, das duas maneiras de arruinar a literatura, a primeira, o golpe frontal, cedeu lugar à alternativa mais sorrateira, a degradação do material de construção ou, em outras palavras, dos tijolos (significando no caso os escritores), o que obrigatoriamente conduziria em seguida ao desabamento do edifício.

Outras rupturas e distorções se produziriam, na própria vida, nos personagens que a povoavam, na linguagem que empregavam. Cada povo, na grande família comunista, trazia sua experiência particular em todas as esferas. O definhamento dos ambientes considerados típicos do velho regime, como cassinos, bares noturnos, casas de prostituição e outros, seria acompanhado pelo fenecimento dos malucos, bobocas, cabeças-ocas e lunáticos. Em todo esse processo, a linguagem desempenharia seu papel, a língua escrita, naturalmente, mas sobretudo a falada.

No rol das palavras problemáticas, algumas criavam inimagináveis dificuldades, como, por exemplo, sucedia com os vocábulos "senhor", "senhora" ou "senhorita", para tomarmos apenas três do universo linguístico conturbado.

Na fase de transição essas três palavras eram consideradas, com justa razão, fundamentais. Cada país comunista tinha sua experiência peculiar, às vezes surpreendente, como o exemplo da Albânia. Esse pequeno país, habitualmente conhecido por seu atraso e suas extravagâncias, no caso dos três termos mencionados fizera uso de uma alternativa inesperada. Enquanto a palavra "senhor" saíra de circulação desde a fase inicial do socialismo, tal como na União Soviética, a palavra "senhora" tivera certa sobrevida. Porém, a mais bela surpresa ocorreria com a terceira palavra, "senhorita". Sua substituição fora exigida com afinco, pois era mais próxima do morfema "mãe", sobretudo nos cursos maternais. Apesar de todo o enervamento que isso causava, ela era empregada por dezenas de milhares de inocentes crianças, preterindo o termo "professora". As tentativas de substituição haviam fracassado uma após outra. As criancinhas continuavam obstinadamente a chamar suas professoras de "senhorita". E foi exatamente esse exército de crianças que se mostrou invencível, fazendo o vocábulo de estonteante beleza conservar de uma vez por todas seu lugar na língua albanesa.

Por infelicidade, e como indicador de irresponsabilidade, os estudos sobre letras e língua albanesa nunca até hoje prestaram nenhuma atenção nesse episódio tão profético quanto comovente.

Num sentido mais amplo, toda a existência humana deparou com os penosos desafios da desertificação. Junto com o definhamento dos bares noturnos, citado acima, foram rareando sempre mais os personagens grotescos, última esperança de qualquer literatura sob ameaça. O mesmo ocorreu às mulheres bonitas, cujos meneios pudessem ensejar, com crescente timidez, alguma história de amor. Nas aborrecidas salas da Liga dos Escritores e Artistas, em vão se procuraria por um escritor de aparência assombrosa. E menos ainda com um destino semelhante.

Entre os que tinham eventualmente escapado do cárcere, os escritores saídos da classe trabalhadora ou dos orfanatos escutavam, boquiabertos, os testemunhos sobre a experiência da literatura soviética, de seus colegas convidados a visitar a URSS por motivo de festividades.

Se, na pequena Albânia agitada pelo stalinismo, Lasgush Poradeci alcançava o esplendor de um estado intermediário entre a vida e a morte, imagine-se o que não poderiam esperar os poetas de Budapeste ou os de Moscou. Mas os literatos eram isolados e perseguidos sem piedade, portanto não era fácil se reunirem.

Apesar de tudo, mesmo em meio à pasmaceira, a crônica registrava todo tipo de curiosidades. Personagens insólitos no coração de Moscou. Estações de trem, cabanas e locais de degredo com nomes inusitados, tais como *Vtoraia Riétchka* ("Segundo Rio" ou "Rio que se Segue"). E novamente inquéritos, não um, mas dois ou mais. E algo que não se via, de que apenas se ouvia falar, uma coisa amedrontadora, como no caso de Mandelstam. Onze pessoas haviam escutado aquela coisa terrível e Mandelstam, algemado, devia fornecer seus nomes.

Toda espécie de textos alucinados, frequentemente num russo nunca visto, esvoaçavam por toda parte.

Dois versos célebres de Fiódor Sologub cintilavam: V *pólie nié vídno ni zgui./ Któ-to zoviot: Pomogui!* "No campo não se vê nada./ Escuta-se um disparo: socorro!" Outro verso, desta vez de Mandelstam: *No liubliu moiu kurvu Moskvu.** "Mas eu amo esta puta, Moscou." Ainda outro, anônimo: A vida acabou, da morte não sei.

Após os primeiros boatos sobre o telefonema de três minutos Stálin-Pasternak, poucos refletiram acerca da possível causa de semelhante poema ou verso. Parecia mais provável a hipótese de um desabafo numa mesa de jantar. Inclusive, quando se captou a essência da expressão "o montanhês do Krêmlin", as mentes, antes de se ocuparem do assunto dos versos, possivelmente se interrogavam se a palavra "montanhês" se referia ao Krêmlin ou à Geórgia.

Fosse como fosse, o montanhês do Krêmlin ou o montanhês da Geórgia, o dito deve ter tirado o sono de Stálin, pois havia em seu âmago algo que ninguém deveria saber ou cogitar jamais. Assemelhava-se ao mistério de Górki, em que algumas frases do afamado romancista, tão logo tinham saído de sua boca ou pena, anos antes, deveriam não só ter sido varridas da face da Terra, mas também ter produzido o esquecimento do autor junto com a varredura.

O episódio acontecera no início do século, quando Górki, já célebre, escrevera que durante uma visita a Londres o destino o fizera presenciar uma reunião onde o futuro chefe do bolchevismo russo, "um tal de Uliánov, inflado como um galo selvagem e com a voz rouca", segundo Górki, falava de revolução.

---

* Versos em russo no original. (N. T.)

Tudo leva a crer que Stálin não tomara conhecimento da venenosa frase de Górki pela boca de Lênin, até o dia da morte deste em 1924. Em compensação, logo depois da morte, com certeza ficou sabendo, da frase e da maneira de fazê-la cair no esquecimento. Maneira inusitada, para não dizer inédita; diferindo dos silêncios ditados pelas armas, aquele, longe disso, derivou de uma profusão de comoventes delicadezas, homenagens e adulações visando aplacar o grande escritor.

Por muito tempo, todos aqueles louvores da parte de Stálin tinham permanecido incompreensíveis. Contudo, a candura do áspero líder para com o escritor produzira neste o abrandamento desejado. A cada ano que passava, sua frase venenosa soava mais inverossímil.

Dez anos mais tarde, em 1934, Stálin se encontraria diante de um temor semelhante. Seu telefonema para Pasternak só poderia ser um grito de pânico. Como tal, querendo-se ou não, aquela chamada telefônica deveria encerrar muitos segredos.

Não por acaso, decorridos três quartos de século, como sabemos, permanecem as interrogações sobre se aquilo tudo aconteceu ou não. Ocorreram prisões, interrogatórios, inquéritos com um ou muitos investigadores?

Algumas vezes as perguntas parecem simples, como no caso dos inquéritos. Um investigador ou muitos, não tinha nenhuma importância. Apesar disso... Apesar disso ficamos boquiabertos quando soubemos que seriam efetivamente dois magistrados, mas que um deles, Arkádi Fúrmanov, diferia tanto do outro, Nikolai Chivánov, que era como se tivesse desembarcado de outro planeta. Um falso investigador? De outro tempo? Um subconsciente em trajes de investigador?

Era mais que isso. Arkádi Fúrmanov era um amigo fiel do poeta e ao mesmo tempo a pessoa encarregada do inquérito nas sessões em que Mandelstam, pressentindo a prisão, tratava de responder às perguntas sem cair em armadilhas. Era, ao que se sabia, a primeira vez que algo assim acontecia na Rússia.

Havia muitas coisas que aconteciam pela primeira vez, assim como não faltavam outras tantas que ocorriam pela última vez. Estas pareciam ainda mais perturbadoras, como o telefonema que jamais foi dado, depois de Stálin encerrar a conversação. Pasternak fora chamado pelo aparato para um esclarecimento final, porém na outra extremidade da linha ninguém deu sinal de vida. Até que a voz fria de Poskrióbichev fez o poeta saber que não deveria nunca ligar para aquele número, pois ele deixaria de existir. Compreende?, repetira. O número fora criado para uma única ligação, a que acabava de suceder...

QUARTA VERSÃO

V. Duvákin manifestou a outro literato renomado, V. Chklóvski, a mesma opinião de S. P. Bobrov (terceira versão), até com maior segurança.

"Ele (Pasternak) trocou cartas com Stálin, falou com Stálin por telefone e não defendeu Mandelstam. Você sabe dessa história?"

"Não. Não defendeu?"

"Exatamente. Stálin telefonou a Pasternak e indagou:

"— O que você diz sobre a prisão de Mandelstam?

"O próprio Pasternak me contou. Ele ficou perturbado e respondeu:

"— Ióssif Vissariónovitch, já que me chamou ao telefone, conversemos sobre história, sobre poesia.

"— Estou lhe perguntando: o que pensa sobre a prisão de Mandelstam?

"Ele disse alguma coisa mais. Então Stálin falou:

"— Caso prendessem um camarada meu, eu subiria pelas paredes (*Iá bi liez na stiénku*).

"Pasternak respondeu:

"— Ióssif Vissariónovitch, caso você tenha me telefonado por isso, já estou subindo pelas paredes (*iá ujé lazil na stiénku*).

"Após essas palavras, Stálin retrucou:

"— Pensei que você fosse um grande poeta, ao passo que você é um grande falsificador.

"E desligou o telefone... O próprio Pasternak contou-me isso, chorando.

"Quer dizer que ele simplesmente ficou perturbado...

"Ficou perturbado, naturalmente. Se quisesse, ele podia ter pedido: Confie a mim esse homem. E o outro poderia fazê-lo... Só que ele ficou perturbado. Eis aí, compreenda, assim se passou essa história."

(B. Sarnov não comenta o curioso fato de que Pasternak teria mantido correspondência e outros contatos telefônicos com Stálin.)

A observação acima é de Izzi Vichniévski. Ele com razão admoesta Benedict Sarnov, sem contudo prestar esclarecimento algum sobre de onde saiu o "fato novo interessante" da troca de cartas e outros telefonemas Stálin-Pasternak.

No texto da quarta versão continuamos a notar lacunas. No parágrafo que começa com "Ele disse alguma coisa mais", não fica claro quem "disse alguma coisa mais", se Pasternak ou Stálin.

O próprio Pasternak permanece como, entre outros, a fonte da embrulhada.

Entrementes, ficou esclarecido o mistério de Górki. E igualmente o segredo dos dois investigadores. Porém, nem o mistério nem o segredo ajudam o poeta. Pasternak parece que vai ladeira abaixo. A análise da conversa telefônica continua a ser mais contrária a ele que favorável.

Durante algum tempo esperou-se pela revelação do delator. Um delator sempre agrega peso e dramaticidade à vítima. Segundo Robert Littell, ocorrera uma primeira denúncia, feita por uma mulher, atriz de teatro, ao que parece amante do poeta, Zinaída Záitseva Antónova. Mas não foi isso e sim outra coisa que desarmou o dispositivo da denúncia.

A atriz era demasiado inocente, a ponto de não ter consciência daquilo que fizera. No capítulo 10 de seu livro O *epigrama de Stálin*, Littell descreve uma cena quase inacreditável, em que a atriz sem o menor pejo relata a seus colegas os acontecimentos de 20 de maio de 1934, quando, à noite, depois dos ensaios teatrais, um chequista batera à porta de seu camarim para felicitá-la por sua fidelidade a Stálin. Passado o atordoamento de Zinaída, o chequista perguntara qual recompensa ela queria: passaporte para visitar o exterior, visita a Roma ou Paris, o papel principal numa peça de teatro. Quando ela respondera que só cumprira seu dever e, portanto, não pedia nada, e o chequista retrucara que uma recusa poderia ser mal interpretada, ela pediu que a ajudassem num processo de divórcio. Quando o agente dissera que os órgãos de Estado sabiam ser gratos àqueles que "trabalham para nós", ela respondera: "Eu não sabia que trabalhava para vocês".

O caráter prosaico da denúncia, sob todos os pontos de vista, inculpa, ainda que indiretamente, Pasternak.

A suspeita de que algo não encaixava nessa história só fazia crescer. Ninguém punha em dúvida o telefonema em si, mas a questão colocada era se ele cumprira algum papel, para o bem ou para o mal. Em outras palavras, como se saíra o poeta face ao príncipe, à história, à sua própria consciência?

O paradoxo da dose dupla de investigadores ultrapassava a

ele e pairava sobre todo o episódio. A duplicidade brotava já nas prisões. A detenção de Mandelstam em 1934 não fora a primeira nem a única, como muitos poderiam pensar. E se os investigadores eram dois, as detenções tinham sido três ou quatro. Já durante a Guerra Civil, Óssip Mandelstam fora preso uma vez por oficiais brancos do exército de Wrangel, sob suspeita de ser bolchevique; de outra feita, foi preso também por mencheviques georgianos, sob a mesma acusação.

Os degredos haviam sido numerosos, tal como as prisões. Apenas a morte fora uma só.

Num país como a Rússia soviética, facilmente se compreende que a prisão de 1934 não tenha sido a primeira. O digno de nota é que não tenha sido a última.

A derradeira detenção fora a de 1938. Após esta, sobreveio a dama solitária, a morte.

Portanto, estamos aqui bem distantes de 1934. O que aconteceu entrementes? Que destino haviam tido nossos personagens nesses quatro anos? O que fora feito do próprio Mandelstam?

Havia um buraco no calendário; era o mínimo que se podia dizer. Os intelectos humanos, com sua tendência a condensar os acontecimentos, tinham amalgamado num só os anos de 1934 e 1938. Em ocasiões desse tipo, a investigação da verdade só pode partir dos elementos básicos dos fatos: o tempo e o lugar onde se deram. Quanto ao tempo, a prisão de Mandelstam data de maio de 1934. O telefonema Stálin-Pasternak ocorreu em junho do mesmo ano. Entretanto, todas as testemunhas insistem que Mandelstam morrera pouco depois da prisão. Porém, todas as testemunhas dão 1938 como o ano da morte, sem jamais esquecer de mencionar a prisão; o que significa que se trata de duas prisões e jamais de apenas uma. Aqui deve-se dizer que a exatidão precisa começar pela língua. Não lidamos com "a prisão de Mandelstam", nem em 1934 nem em 1938, mas com "uma das prisões", pois, a despeito das surpresas que este mundo nos reserva, nunca, exceto talvez mais tarde, na Revolução Cultural chinesa, aconteceu de um preso ser encarcerado novamente, uma prisão na prisão... Isso seria o mesmo que dizer que alguém já morto faleceu.

Essa primeira reconstituição do tempo bastaria para lembrar às pessoas que, após o telefonema de 1934, Mandelstam aparecera várias vezes em público, inclusive em Perediélkino, precisamente na datcha de Pasternak! Em resumo, o poeta Mandelstam, depois do célebre telefonema e contrariando todas as previsões, foi libertado. Acontecera algo que ainda não se conhecia e o rumoroso telefonema não tivera a dramaticidade imaginada.

Ocorrera algo mais. Era o que atestava o reexame do local dos acontecimentos, que, ao lado do tempo, era o segundo condicionante fundamental do episódio. No caso da conversação telefônica, se o tempo era idêntico para os dois interlocutores, o lugar de onde eles falavam só podia ser diferenciado. No caso Stálin-Pasternak, sabia-se que o chefe supremo telefonara do Krêmlin, ou dos ambientes que este compreendia. Ao passo que o poeta atendera em sua moradia.

O Krêmlin era imutável: a edificação, o poder, o símbolo. Enquanto a moradia do poeta não tinha tais atributos.

O telefonema de 1934 ocorrera entre o Krêmlin e o apartamento de Pasternak na rua Volkhonka. Todos os testemunhos o confirmavam em uníssono. Entretanto, Pasternak se mudara três vezes entre 1934 e 1938, quando essa história começara a acabar.

Aqueles que viveram sob um regime socialista sabem bem que uma mudança de moradia nem sempre é uma mudança corriqueira de moradia. Muitas vezes ela sinaliza outra coisa, para o bem ou para o mal. A promoção na carreira ou, ao contrário, a queda, a degringolada, tinham como primeiro indicativo esse acontecimento prosaico da vida humana que se chama "mudança".

O apartamento de Pasternak na rua Volkhonka era mais ordinário do que se poderia imaginar: uma unidade habitacional comunitária (*komunalka*, como se dizia em russo coloquial), com corredor, telefone e algumas vezes também banheiro compartilhado por duas ou três famílias.

Não muito depois do telefonema, Pasternak teve direito a uma "mudança de apartamento". E não mudou para pior, como se podia esperar, pelo contrário. Transferiu-se para a rua Lavrúchinski, um vasto imóvel onde habitavam alguns dos escritores mais conhecidos de Moscou. Pode-se imaginar que os apartamentos eram muito melhores e, além disso, em 1936 o poeta receberia sua datcha na celebrada Perediélkino. Era um privilégio que só se atribuía a literatos insignes, algo que se não fosse visto como uma gratificação seria ao menos um indicativo confiável de que o telefonema de Stálin em nada prejudicara Pasternak.

Os enigmas em torno do episódio se renovariam. A conversação telefônica fora talvez taciturna, mas não no sentido que se imaginara. Possivelmente ocorrera outra coisa, uma interpretação equivocada, derivando quem sabe de um erro na interpretação do epíteto "o montanhês do Krêmlin", que eventualmente teria sido usado no sentido de "atrevido", para não dizer "destemido do Krêmlin", no sentido que os caucasianos emprestavam aos intrépidos combatentes das montanhas.

Ainda que a princípio tivesse parecido embelezadora, essa narrativa se sustentaria posteriormente, a ponto de, após a queda do comunismo, um pesquisador russo chamado Aleksandr Anáikin manifestar abertamente a convicção de que Stálin na realidade não se irritara com os versos, talvez houvesse até se sentido lisonjeado!

Sempre segundo Anáikin, certos alunos medíocres e cheios

de complexos na adolescência, como seria o caso de Stálin, sonhariam impor-se aos outros pelo medo. Em outras palavras, golpeando, aniquilando, arrasando os outros. Conforme o estudioso russo, esses versos alegraram, portanto, o tirano.

Contudo, a investigação de Anáikin não explica uma contradição que opusera os dois poetas, Mandelstam e Pasternak. No decorrer dessas peripécias, queda, ascensão temporária, nova queda, seus destinos vinculavam-se e condicionavam-se um ao outro. Em 1938 a fortuna reservou a Mandelstam uma última prisão, seguida pela morte. Pasternak acompanhou em silêncio a tragédia de seu confrade, talvez à espera de consequências para si. No entanto, nada confirmou os pressentimentos sombrios. Ou, se confirmou, foi algo tão secreto que ninguém ouviu falar.

As incertezas, depois de apontarem em todas as direções, retornariam por fim ao âmago da história: os versos. Não tinham sido eles os causadores de tudo, inclusive da morte do poeta? Ou teria havido algo mais?

Não é difícil conceber que em tais circunstâncias alguém gritasse: "Basta!".

Você me deixa louco com essas... versões. Tudo tem limite. Basta!

Ainda assim...

QUINTA VERSÃO

Eu almoçava com Pasternak...

Assim inicia esta versão de Nikolai Vilmont, velho amigo do poeta. (N. Vilmont, *Acerca de Boris Pasternak: Memórias e reflexões*, Moscou, 1989.)

Recordo, eram quatro horas da tarde quando se ouviu o tilintar do telefone.

Figuram outros pormenores. A voz de um homem no telefone: O camarada Stálin irá falar-lhe agora. A resposta de Pasternak: Não é possível, não me conte lorotas. A voz no telefone: Vou repetir, o camarada Stálin irá falar-lhe. Resposta: Não faça gracinhas comigo. A voz no telefone: Posso dar-lhe o número do telefone. Chame-o para confirmar. Pasternak, pálido, disca o número.

Outra voz no aparelho: Aqui é Stálin. *Khlopótchete* (Você se preocupa) com seu amigo Mandelstam? Resposta: Não houve entre nós uma verdadeira amizade. Mais o oposto. Nossas opiniões divergiam. Em compensação, falar-lhe é algo que sempre sonhei. Stálin: Nós, velhos bolcheviques, nunca renegamos nossos amigos. Quanto a uma conversa banal, não é o que tenciono.

Aqui o diálogo se interrompeu. Naturalmente eu só escutava o que dizia Pasternak. As palavras de Stálin não chegavam a mim. Porém, foram-me relatadas pelo próprio Boris Leonídovitch. Na mesma hora e de maneira integral. Logo em seguida ele se atirou ao telefone para assegurar a Stálin que Mandelstam realmente não era seu amigo, que não era por medo que ele "renegava uma amizade que nunca tinha existido". Na opinião de Vilmont, esse esclarecimento parecia indispensável, a coisa mais importante.

Não obteve resposta.

Sarnov sublinha que Nikolai Vilmont era em 1934 uma das pessoas mais próximas de Pasternak, mas que ele nada afirmou sobre seus sentimentos dezenas de anos mais tarde, quando fez este relato.

Basta passar os olhos pelo texto para compreender que o narrador Vilmont não era particularmente simpático ao seu ex-amigo. Outras questões, ainda que pareçam paranoicas, eram naturais num regime totalitário. O narrador teria sido insincero para com o poeta desde 1934? Tornou-se insincero depois? Foi o regime que o instigou? E, em consequência, sua presença na casa de Pasternak, justamente quando Stálin ligou, teria sido casual? Ou assim se tornou devido a esse miasma chamado ciúme, que tudo suporta exceto a glória do outro, mesmo se este é um amigo íntimo? E mesmo uma glória complicada, pelo sim pelo não, como era a de Pasternak?

As frases que atraiçoam Vilmont são as que narram o que ocorre depois que o ditador desliga o telefone. Pasternak teria se atirado ao aparelho para enfatizar a Stálin que jamais fora amigo de Mandelstam. Porém, segundo o próprio Pasternak, em todas as reconstituições do evento, ele quisera voltar a falar ao grande chefe por outro motivo, mais especificamente devido ao mal-entendido criado em torno da defesa ou não defesa do amigo. Claro que ele era favorável à defesa do outro, independentemente daquela omissão casual... Sem dúvida, quaisquer que fossem os acontecimentos, ele...

Era plenamente verossímil que Pasternak desejasse dizer algo nesse sentido. Primeiro, porque ele próprio insistia em destacar essa passagem do episódio (a tentativa de retomar a conversação telefônica). Segundo, pela angústia incessante que a passagem lhe causava, sobretudo depois que Mandelstam morreu no degredo. (Aos olhos de todos, parecia que não calava jamais a pergunta: poderia Pasternak ter salvado seu amigo da tragédia?) E terceiro, e principal, foi a interferência de Pasternak junto a Stálin um ano mais tarde, solicitando clemência com o segundo marido de Anna Akhmátova e o filho desta, Liev Gumiliov. Na carta que enviou a Stálin em 1935, Pasternak rememorava especificamente a "crítica" deste à sua perturbação (ou, em outras palavras, a ter renegado o amigo). Dessa vez Stálin deu ouvidos ao pedido (Púnin, o esposo de Anna, e Liev, o filho, foram libertados uma semana após o recebimento da carta, inclusive o mesmo secretário do líder, Poskróibichev, telefonou a Pasternak para transmitir a boa notícia).

Enfim, um claro sinal de apaziguamento aparecia para o poeta. O testemunho era convincente e facilmente comprovável por todos os registros, mais ainda quando estavam em cena personagens e fatos conhecidos, o filho de Anna Akhmátova, seu segundo marido, a carta de Pasternak a Stálin, relembrando a história do telefonema.

Mesmo assim, surpreendentemente, o relato não teve o papel fundamental esperado. O motivo provável foi que, enquanto tudo mais se fez com muito ruído, a interferência se deu sem barulho e sem gentilezas. Não fossem essas duas ausências, todo o caso soaria de outra forma, ainda mais porque das três testemunhas principais Vilmont era o único que não pertencia à família.

A segunda testemunha era Zinaída Pasternak, a mulher do poeta. Ao passo que a terceira era o próprio Pasternak, que, conforme ele mesmo reconhecera, fora o principal causador, para não dizer culpado, daquela interminável barafunda.

O esmiuçamento desta última menciona a perturbação como causa principal do pandemônio. Mas tal perturbação perdia seu peso quando se lembrava que esse era um conhecido componente do caráter do poeta.

Na verdade, de perturbação tinha apenas o nome...

Numa primeira análise ela soava natural. O telefonema repentino do déspota. Que tinha poderes de vida e morte sobre todos. Por aí qualquer um teria a dimensão da perturbação.

Pasternak era um poeta renomado. Contudo, ficou mais perturbado do que devia. Ao ouvir a voz desconhecida dizendo que Stálin desejava falar com ele no telefone, o poeta tem uma reação de recusa, de negação. Ele não deseja aquele telefonema. Não acredita nele, mas, no caso em pauta, essa incredulidade é uma forma de rejeição. Ele prefere acreditar que alguém fazia gracinhas. Porém, acontece o que aconteceu: a segunda ligação e em seguida a voz de Stálin.

Ao relatar o episódio, Pasternak em momento algum dá a entender que "não queria ouvir a voz do ditador", por motivos que se compreendem, sua rudeza, a fama sombria etc. Talvez para entender melhor a perturbação fosse necessário retornar ainda uma vez àquela tarde de junho de 1934.

Mandelstam, um dos maiores poetas do país, é preso. Moscou inteira não fala de outra coisa. Toda vez que a noite cai ou o dia se levanta, Mandelstam assume feições misteriosas e amedrontadoras. Entretanto, Mandelstam possui vínculos com todos os poetas de renome. Inclusive, naturalmente, Pasternak. Quase todos são como um círculo de amigos onde acabou de cair um raio.

Pasternak tem motivos para ficar perturbado. O raio caiu quase ao seu lado.

No entanto, Pasternak tem outro motivo para sentir medo, e um motivo colossal. Dois meses antes, em encontro casual na rua, Mandelstam leu para ele *uma coisa* que escrevera... Logo depois de o telefone tocar, quando ouviu o nome de Stálin, o primeiro pensamento que lhe ocorreu foi *aquela coisa*... Assim como acontecera quando pela primeira vez tivera notícia da prisão do companheiro. Era ela... Qualquer coisa, exceto ela.

Era algo ainda sem nome, o que a tornava ainda mais amedrontadora. Como relatara mais tarde, Pasternak nem esperara o autor concluir para gritar: Esqueça esses... versos... que você leu para mim. Isso não é arte. Isso é suicídio. Não participo disso.

Pela primeira vez aquele flagelo recebera um nome, chamando-se "versos".

Pasternak não fora o único a ficar assim perturbado. Durante o inquérito Mandelstam citara os nomes de todos para quem lera os versos. Não mencionara Pasternak. Mas Pasternak não o sabia. Tampouco Stálin. Alguns dos investigadores chegaram mesmo a conjecturar se o objetivo principal do telefonema não teria sido saber se Pasternak conhecia os versos ou não. Stálin não queria que eles fossem divulgados, jamais. Surpreendentemente, nesse ponto seu tormento coincidia com o do poeta.

Os versos, como costuma ocorrer com aqueles que nascem do ressentimento, eram fracos. Alguns deles soavam como *istíchki*, o que se poderia traduzir por versos de pé quebrado ou, mais exatamente, sátiras rimadas. Houve quem os denominasse simples provocações.

Não apenas o retrato de Stálin, mas tudo mais se afigurava tosco, desdenhoso: o estilo, o ritmo e a própria linguagem, tão distante do russo de Púchkin.

Kak podkóvi kuiut za ukazom ukaz
Komu v pakh, komu v lob, komu v brov, komu v glaz.
(Como ferradura se forjam seus decretos
Ora na costela, ora na testa, ora na sobrancelha, ora no olho.)

Além do poeta, pressentia-se uma segunda presença nessas linhas. Era como se o poeta e o tirano estivessem juntos ali, num estado de insuportável claridade e ao mesmo tempo de cegueira, os dois buscando e temendo um terror compartilhado.

Era o compasso da tragédia que inevitavelmente os conduzia ao mesmo ponto de encontro. Quem é você para querer saber o que eu sei ou não sei? Você, quem é?

Às vezes, exaustos, eles julgavam que podiam eludir aquele teatro. Impossível. O velho compasso permanecia ali. E tudo se repetia. Quem é você para me amedrontar? E você, quem é? Afinal, quem somos todos nós?

Uma relação desconhecida se instalava entre o tirano e o escritor. Era um encanto, uma bruxaria, que para surgir esperava o momento em que o poeta, sem sequer ter consciência, era atingido. Até aí, o outro, o tirano, aos olhos do poeta fora uma futilidade, um equívoco, uma negação sem fim. E de repente eis que sobreviera uma mudança. O menosprezo recuara, dando lugar à perniciosa sensação de que talvez eles ainda pudessem se entender. Afinal de contas, sua estatura permitia que aceitassem um ao outro. Que era supérfluo dizer que o outro era menos que nada, nem chefe era, ao passo que ele, o escritor, podia proclamar-se enquanto tal, pois ao menos sabia se impor de verdade... inteiramente isolado... sem ninguém ajudar.

Estafado como nunca, ele sentira a necessidade de se retirar para o calor da família, até descobrir que mesmo ali, aos pés da esposa, em meio a palavras doces, as mais apaziguadoras seriam aquelas que garantissem que não havia por que temer o tirano, uma vez que, no fundo, dos dois o *tyrannus* de verdade era ele. O outro não passava de um imitador.

SEXTA VERSÃO

Afora o fato de que nos aproximamos da metade das versões, encontramo-nos, por fim, na esfera da família, ali onde, ao que se acredita, as coisas costumam ser diferentes.

Zinaída Nikoláievna Pasternak, a esposa do poeta, estava doente, com bronquite, quando sucedeu o episódio. Conforme seu relato, ouviu do leito o tilintar do telefone no corredor comunitário, de onde os vizinhos chegaram às pressas para anunciar que estavam chamando Boris Leonídovitch, do Krêmlin. O que mais assombrou Zinaída foi o semblante do companheiro, completamente tranquilo, segundo ela.

"Quando ouvi a frase: Saudações, Ióssif Vissariónovitch, a febre se apossou de mim. Eu escutava apenas as respostas de Bória, perplexa por ele estar falando com Stálin como se falasse comigo ou com você.

"Desde as primeiras palavras compreendi que se tratava de Mandelstam. Bória disse que estava surpreso com a prisão dele e que, embora não houvesse amizade entre os dois, ele valorizava as obras do outro como poeta de primeira classe e sempre reconhecera seus méritos. Pediu a Stálin que, na medida do possível, tratasse Mandelstam com brandura e se estivesse ao seu alcance o libertasse. Bória falou a Stálin com simplicidade, sem rodeios (*biez ogliádok*), sem diplomacia, muito diretamente. Perguntei a Bória o que Stálin respondera à sua proposta de conversarem sobre a vida e a morte. Stálin respondera que falaria com prazer, mas não devia fazê-lo."

Como se vê pelo relato, Zinaída por duas vezes pôs em destaque o sangue-frio do companheiro, como um mérito dele, enquanto outros mencionavam justamente a ausência de sangue-frio como um ponto fraco.

Sobre o pedido de libertação de Mandelstam se possível, como era de imaginar ela não foi precisa. Pasternak não o formulou, nem sequer o deixou subentendido em momento algum.

Fruto de uma angústia prolongada e de um exaustivo exame de consciência sobre o que devia ter sucedido e entretanto não sucedera, o testemunho de Zinaída Pasternak figura entre aqueles que, embora não sendo verdadeiros, não podem, contudo, ser descartados como falsos.

Ela fora a mulher do poeta por um longo tempo. Os dois vivenciaram tudo em conjunto, as dúvidas, as perplexidades, os rompantes. Acharam resposta para perguntas difíceis, tentaram se justificar.

Ainda assim, a sensação de desmoronamento que o depoimento de Zinaída transmite ultrapassa as motivações de uma esposa. No fim do seu testemunho, ecoa mais obstinadamente que nunca a questão: o que ficamos sabendo até aqui é exato?

Em suas memórias, publicadas em 1993, muitos anos depois dos acontecimentos, Zinaída escreveu, entre outras coisas, que apenas algumas horas mais tarde Moscou inteira sabia da conversa com Stálin.

Deriva desses detalhes que o enfoque positivo da cena, o conhecido otimismo à moda soviética, não era uma aquisição circunscrita estritamente à família, mas vinculava-se a uma atmosfera generalizada.

Ao esmiuçarem a vida do casal Pasternak, os biógrafos deixam bastante claro que Zinaída Nikoláievna não se tornou "um pouco soviética" devido a pressões e circunstâncias; sempre teve uma tendência ao acatamento da ordem soviética.

Há dois tipos de consortes ou amadas dos escritores e artistas que tiveram problemas com o Estado socialista. Há o tipo que atiça o descontentamento de sua cara-metade. E há aquele que, ao contrário, procura abrandá-lo. A segunda categoria poderia ser motivada pela carência de equilíbrio espiritual do artista, ou como uma defesa contra as demandas do dia a dia (crianças, degredo em lugares remotos etc.).

Quando se descreve o epílogo da vida de Pasternak, predomina a imagem do escritor isolado, diante do qual se erguia toda a União Soviética, Estado e povo irmanados. Nesse cenário, o comportamento de sua mulher é mais que paradoxal. Por um lado, ela permaneceu como esposa fiel, mas por outro manteve-se apegada à União Soviética.

Caso alguém transmitisse essa ideia ao nosso poeta, durante a vida deste, ela o colocaria em dificuldades. No fundo, no fundo, não se exclui que uma parte dele próprio permanecera refém de seu país, em todos os sentidos. Seu desassossego posterior, quando teve que escolher entre o prêmio Nobel e o banimento da Rússia, deve ter encurtado sua existência. E se ele, *o terceiro*, o dirigente, tinha também suas angústias? Podiam ser diferenciadas, como tudo no tirano, mas ainda assim só poderiam ser designadas pela mesma palavra: angústias.

Cansados de buscar pela normalidade ou por um motivo de abrandamento, muitas pessoas haveriam de rememorar a figura do chefe, curvado, acompanhando o funeral de sua esposa.

Não era coisa fácil para um ditador, que dominava um terço do globo, caminhar assim isolado atrás do ataúde de sua consorte que se matara.

Sob esse ponto de vista, todas as demais indagações, inclusive aquelas relacionadas ao telefonema poeta-tirano, seriam naturais. Por que o fez? Em que influiu? Stálin objetivou efetivamente informar-se sobre Mandelstam ou foi apenas um jogo?

Um jogo com qual intenção? Para iludir a quem?

O grito: Basta!, que coisa de louco, pode se repetir sem cessar nessa história. Acompanhado de pequenas exclamações de surpresa: Então o tal telefonema não aconteceu? Nem foi a causa do que se seguiu? Uns versos, realmente? Ou algo assemelhado? Talvez, como se murmurava ultimamente, uns versos, com efeito, mas não aqueles que conhecemos? Por exemplo, uma ode...

SÉTIMA VERSÃO

"Nádia enviara um telegrama ao Comitê Central. Stálin ordenou que se examinasse essa questão... O que sucedeu em seguida sabe-se muito bem... Stálin informou que as instruções tinham sido prescritas e tudo entraria nos eixos no que tocava a Mandelstam. Ele perguntou a Pasternak por que este não interviera (*khlopotal*)."

Essas palavras aparentemente triviais são de Anna Akhmátova, o personagem mais famoso entre todas as testemunhas. O trecho foi extraído de seu diário.

Seria de esperar algo mais transcendente da parte da grande dama das letras russo-soviéticas do século xx. Porém, talvez justamente por ela ser quem era, sempre distante, como que alheia ao que ocorria à sua volta, à primeira vista seu testemunho decepciona.

A escritora mais mitificada de seu tempo, que saltou para a fama como poucos, com o inesquecível desenho de sua silhueta num café de Paris, feito por Amedeo Modigliani, casada muito jovem com o célebre poeta acmeísta Gumiliov, após o fuzilamento deste em 1921 levaria uma vida desregrada como poucas na Rússia.

Sempre próxima da glória e da tragédia, bela, caprichosa, a "rainha do Nievá", no dizer de seus admiradores, "meio freira e meio puta", conforme Jdánov, "a Safo da Rússia", segundo outros, "a Anna de todos os russos", no estilo monárquico-imperial de um jovem poeta, ela conhecia e frequentava os dois poetas da época, Mandelstam e Pasternak.

Anna e Pasternak haviam dedicado um ao outro versos não muito inocentes, a ponto de se dizer que toda vez que calhava de encontrá-la Pasternak esquecia seu matrimônio e a pedia em casamento, e ela, com igual naturalidade, se esquivava.

No entanto, eis que, novamente em seu diário, em 8 de julho de 1963, três anos antes de morrer, ela menciona os dois:

"Nádia (trata-se de Nadiejda Mandelstam, a esposa do poeta) enviara um telegrama..."

Mais adiante Anna relata o que ouviu sobre a conversa poeta-tirano. "Caso um poeta amigo meu fosse jogado na prisão, eu moveria céus e terras para salvá-lo."

Pasternak respondeu que, se ele não tivesse se movimentado (*khlopotal*), jamais Stálin teria tomado conhecimento do acontecido.

"Mas ele é seu amigo?" Pasternak recuara! Stálin, após um silêncio, continuou a interrogar: "Mas ele é magistral, não?". Pasternak respondeu: "Isso não tem maior importância".

B. L. (Boris Leonídovitch) pensou que Stálin quisesse saber se ele conhecia ou não aqueles versos de Mandelstam. Assim ele explicava suas respostas equívocas.

"Por que nos determos em Mandelstam, quando há tempos eu desejo lhe falar?

"Sobre o quê?

"Sobre a vida, sobre a morte."

Stálin desligara o telefone.

Como sucede em qualquer versão, também nesta há contradições, a despeito de provir de um personagem de maior vulto. Entre elas, a primeira e uma das principais seria identificar se a narrativa era mesmo dela ou se fora relatada por um terceiro.

Uma primeira suposição apontaria para Nádia Mandelstam, a mulher do poeta, que por anos a fio fora amiga íntima de Anna. Era verossímil que aquele tímido sopro de esperança, o qual costuma preceder longos desgostos, procedesse não de Akhmátova mas da esposa do poeta mártir.

O diário de Anna trata o acontecimento como uma tormenta, mais precisamente como duas tormentas, que, embora pertencentes ao passado, eram inseparáveis uma da outra.

O ingresso de mulheres naquilo que hoje poderia ser chamado o dossiê Stálin-Pasternak, como quer que ocorresse, poderia despertar tanto maiores esperanças como esperança nenhuma, tanto conforto como terror.

Era um ingresso em meio a conjecturas e incompreensões.

Em casos assim, as mulheres não tardavam a surgir, até de onde menos se esperava, de fronteiras e línguas remotas, algumas vezes até da morte.

Como já foi muito reiterado, Boris Pasternak ainda vivia quando tiveram início as especulações sobre qual mulher real se ocultava detrás do personagem Lara Antípova no romance *Doutor Jivago*. Seria Zinaída Nikoláievna, sua esposa, ou Olga Ivínskaia, sua amante? Morto o romancista, a concorrência entre as duas, embora parecendo de fácil solução, complicou-se até se transformar numa charada quase planetária.

Era como um ritual que se repetia. A princípio soava natural que a mulher referida no romance, em outras palavras "a doutora", fosse a amante, porém um belo dia a consorte dava a impressão de não recuar assim tão fácil.

Depois que ele se fora, as duas tinham continuado vivas, ao passo que levemente, com passos quase que fantasmagóricos, aproximara-se uma terceira rival.

Uma interferência assim não acontecia com frequência nas biografias de poetas. Contrariando as afirmações dos especialistas e dos calendários, ela era assombrosa a ponto de poder ser qualificada como uma interferência dos povos. Tinha-se a sensação de que eles, os povos, poderiam mudar o imutável, ainda que isso pudesse levar tempo, muito tempo.

A terceira mulher a aproximar-se de Boris Pasternak era Anna Akhmátova. Qualquer um que o escutasse pela primeira vez não lograria reprimir um sorriso de assombro. Murmurara-se algo a respeito, mas era tão inacreditável que fora logo descartado, ainda mais quando nenhum fato ou relato o amparava.

Com a passagem do tempo, a conjectura renascera, em especial depois que o poeta e as três mulheres haviam deixado este mundo. Era como se agora, que chegara a vez dos fantasmas, tudo conspirasse para colocar as coisas mais facilmente em seu lugar.

Por vezes tudo aparentava ser fácil: o povo russo, como outros que traziam no coração a literatura, amava unir seus poetas prediletos às noivas que lhe aprouvessem. Em outros termos, unia e desunia casais ainda que contrariando toda cronologia e qualquer lógica.

As primeiras notícias sobre o noivado de Boris Pasternak e Anna Akhmátova poderiam estender-se por cem anos, sob a forma de boatos, mas isso não era de causar espanto, quando se estava às voltas com uma boda multimilenar...

O acaso disporia, por exemplo, que o autor destas linhas ouvisse falar do assunto pela primeira vez cerca de meio século depois de ir-se embora de Moscou. Em 2010 eu retornei pela primeira vez à cidade onde morara como estudante, dessa vez não em sonho, mas de verdade. Estou voltando de verdade, repetia comigo mesmo, enquanto cravava os olhos na passagem aérea Paris-Moscou, como que para me convencer de que era um avião que me conduziria até lá, e não um trólebus como o que me aparecera durante o sono havia algum tempo, para não mencionar os dois seres implausíveis, meio raios, meio prostitutas, a quem eu suplicara um mês antes que me dessem uma carona...

Imagine-se como haveria de ser o primeiro dia em Moscou meio século mais tarde. E mais ainda a primeira noite. Noite alta, zapeando os canais de tevê, consegui por fim concentrar-me num filme que me pareceu mais ou menos normal. Mulheres deslumbrantes, cenários de luxo, produção russa.

O nome de um dos personagens, Anna, teria talvez me passado desapercebido se, na tela, a história não se referisse a um livro proibido. O autor do livro interdito, com olhos tristes, falava a uma mulher também melancólica e bela.

Tal e qual Anna e Boris Pasternak, pensei. Eu ouvira falar

alguma coisa sobre um possível flerte entre eles, mas tudo muito nebuloso. Ao passo que na tevê os dois eram íntimos, quase namorados, para não dizer noivos.

No dia seguinte lembrei-me de perguntar ao meu acompanhante russo se com a abertura dos arquivos se descobrira algo do gênero, mas ele não prestou muita atenção. Apenas comentou: Hoje em dia, o que não se diz de quem quer que seja...

Conversa puxa conversa, havíamos chegado ao telefonema com Stálin, sobre o qual meu acompanhante tinha uma opinião mais definida. Aparentemente ele existira de fato, tal como se narrava. Quando eu lhe disse que estava escrevendo sobre aquele telefonema, retorquiu: É? Que bonito!

Eu gostaria de retornar ao possível flerte Anna-Boris, particularmente perguntar por que os povos casamenteiros agiam de maneira tão lenta, mas algo me conteve. Talvez a palavra "casamenteiro", que não me ocorria em russo.

OITAVA VERSÃO

Ela começava igualmente com o nome de Nádia, Nadiejda Mandelstam, a mulher do poeta mártir, porém era a variante mais sóbria, para não dizer a mais fria.

De certa forma era compreensível. Se um fio de amargura, arrependimento e contrariedade por tudo que sucedera percorria toda aquela história, ela fora a primeira atingida.

"Stálin noticiou a Pasternak que o caso de Mandelstam estava em vias de ser revisto, abrandado. Logo depois disso, uma súbita reprimenda: Pasternak não se dirigira à Liga dos Escritores, "nem a mim", não interviera em favor de Mandelstam..."

Tal e qual a curta descrição de Anna Akhmátova, a narrativa de Nadiejda Mandelstam começa por depositar esperanças em Stálin, o que significaria que este de modo algum telefonara a Pasternak para aconselhar-se sobre o que fazer com o poeta *opálni* (encrenqueiro), puni-lo ou poupá-lo, mas por outra coisa.

A pergunta sobre o que poderia ser essa "outra coisa" parecia feita sob medida para investigações desse tipo.

Uma análise imparcial do testemunho aponta que ele é composto de duas partes, ou, mais precisamente, dois motivos. O primeiro era uma informação, a notícia de um caso que tomara um rumo positivo. O segundo consistia numa reprimenda ou reação colérica face ao mesmo episódio.

À primeira vista, os dois motivos, a boa nova e a reprimenda, poderiam contradizer-se de certa forma entre si. Numa análise mais judiciosa, eles não só se harmonizavam como confirmavam um ao outro.

Nos dois casos Pasternak sai aliviado. A conversa com Stálin deixa claro que este transmite uma notícia nada má sobre o amigo preso. A admoestação, como já dissemos, apenas sublinha a ideia de que se trata de uma boa notícia.

Entretanto, não é difícil discernir a frieza para com Pasternak nas memórias de Nádia, a viúva de Óssip Mandelstam. Tratar-se-ia de uma casualidade, um mal-entendido, um sentimento nascido mais tarde em relação ao companheiro do esposo, o colega, o concorrente, afinal o homem que tudo alcançava enquanto o outro nada tinha?

Conhecidas de todos, as memórias de Nadiejda Mandelstam, mais especificamente sua frieza, seriam decisivas para a silenciosa contraposição entre os dois gênios.

Teriam os acontecimentos subsequentes lançado luz sobre aquela névoa? Ou a própria Nádia, enquanto pessoa mais próxima do poeta, saberia algum segredo que todos ignoravam?

Ela fora chamada à Lubianka, onde ele ainda estava encarcerado, e tinham lhe indagado se desejava ou não acompanhar o marido no degredo. Deve ter sido uma das cenas mais trágicas dessa história. Dela nada sabemos exceto a decisão de acompanhá-lo. Não sabemos como se desenvolveu o encontro entre os dois, as palavras trocadas, os olhares, as hesitações, se é que as houve, da parte dela, mas sobretudo dele. Em especial, desconhecemos o objetivo desse teatro cruel, com certeza observado por muitos agentes (visíveis ou ocultos). Naturalmente, não sabemos tampouco o que ocorreu nos bastidores, talvez as promessas, sem rodeios ou de duplo sentido.

A batida na casa de Mandelstam, durante a prisão ou logo após, não foi menos grave. Segundo Anna Akhmátova, agentes da polícia secreta manusearam com furor e sem muito cuidado os manuscritos do poeta. A cólera e a negligência foram vistas depois como atestado de que o que eles buscavam estava claramente definido: o manuscrito de determinados versos.

A cena fazia lembrar outra semelhante, quase cem anos antes, quando Púchkin, gravemente ferido, jazia no salão de sua residência e a polícia do tsar procurava, com idêntico fervor e desleixo, o manuscrito do poema *Exegi monumentum*. Enquanto no caso de Mandelstam tratava-se da expressão "o montanhês do Krêmlin", que não se sabe se figurava ou não num manuscrito, na diligência contra Púchkin o poema manuscrito era conhecido, mas o furor tinha por objeto uma única palavra.

Já se falou demais dessa revista, cujo propósito não necessariamente se ligava à eliminação do poema-testamento, mas apenas a uma palavra, "Alexandre". Era só uma palavra, mas também o nome do tsar russo na época, portanto uma palavra extremamente delicada, o que explicava a surpreendente presença entre os participantes de Vassíli Jukóvski, então o mais renomado poeta russo. Na condição de "superintendente literário da batida", uma nova profissão que ao que parecia acabava de vir ao mundo, Jukóvski fora o único autorizado a modificar o texto ou, na impossibilidade disso, destruí-lo por completo.

Jukóvski, ao que parece, gozava da confiança do tsar, porém mais ainda da do poeta. Comoveu-se com aquele que se tornaria o mais conhecido poema de Púchkin e, talvez para salvar-se também, rapidamente, em meio à confusão da diligência, modificou a palavra perigosa. Para ser breve, substituiu o nome de Alexandre pelo de Napoleão. Em consequência, na comparação entre a altura das duas colunas monumentais mencionadas no poema, a de Púchkin e a monárquica, o poeta russo, surpreendentemente, não se defrontava com o tsar russo mas com o imperador francês.

Púchkin não menospreza a "coluna do tsar". Simplesmente escreve que a coluna do poeta, ou seja, a dele, "ergue-se mais alto (*viche*) que a coluna de Alexandre".

Jukóvski mostrou-se cuidadoso em sua retificação. Ele não envereda por cálculos sobre qual das duas colunas seria mais alta, a do poeta ou a do tsar. Encontra outro monarca, deslocando a querela para a longínqua França. E dá certo. Sua modificação cumprira seu papel, salvara o poema dessa primeira tormenta, a mais perigosa.

A retificação de Jukóvski não teve vida longa, na sequência desabou por si só, sem necessidade de nenhuma intervenção, digamos, francesa, para substituir a coluna napoleônica por outra, quem sabe britânica ou turca. E isso pelo simples motivo de que cópias do manuscrito tinham sobrevivido aqui e ali, nas mãos de amigos, ainda em vida do poeta.

Não havia comparação entre as duas batidas, nem no que diz respeito à dramaticidade nem às consequências. No caso do testamento de Púchkin, bastou trocar uma palavra para salvá-lo, enquanto no caso de Mandelstam se requeria mais que a eliminação do manuscrito. A exigência ia mais longe, reclamava a supressão de sua memória e da maneira como fora composto.

Em casos assim era difícil evitar um sorriso irônico, acompanhado pela ideia de que talvez se estaria forçando a mão na descrição dos aspectos grotescos de uma época?

Entrementes, a descrição de coisas inacreditáveis, possíveis apenas nos livros mas não na vida real, com crescente frequência transformava-se no seu contrário: podiam acontecer na vida, jamais nos livros.

Numa ruela da "aldeia dos poetas", Perediélkino, onde dois escritores trocassem ideias enquanto passeavam, era fácil supor que tudo parecesse impossível e subitamente ficar sabendo que os dois poetas em tela não eram Isakóvski e Isaac Bábel, nem sequer Fadéiev e Pavlenko, mas os inseparáveis encrenqueiros, Pasternak e Mandelstam... E, como se isso não bastasse, que corria o ano de 1937, o que tornaria natural a exclamação: serão fantasmas que temos pela frente?

Pois estávamos com efeito em 1937, portanto três anos após o inesquecível 1934, no qual tantas coisas de arrepiar ocorreram, o telefonema, a prisão de Mandelstam, seu degredo, sua tentativa de suicídio, que todos recordavam vagamente, como um assunto encerrado.

Poderia acorrer a alguém a ideia de que os cenários não podiam ser os dois verdadeiros. Em poucas palavras, ou bem a verdade era o drama de junho de 1934, com todos os seus desdobramentos, ou bem ele não passara de uma fantasia enfermiça e a verdade verdadeira estava na ruela de Perediélkino, onde dois poetas passeavam como passeiam tantos poetas deste mundo.

Assombrosamente, a crônica dos fatos, até onde se conhecia, não excluía nenhum dos cenários. Havia cabais comprovantes dos horrores que Mandelstam sofrera (sabia-se até o andar e a janela do prédio de onde ele se jogara em 1934 com o intuito de pôr fim à vida), assim como eram conhecidos os lugares e as cabanas do degredo, onde ele poderia ter morrido silenciosamente. Entretanto, com veracidade igual ou até maior, confirmava-se a cena oposta, jubilosa, da chegada de Mandelstam a Perediélkino como hóspede de Pasternak, que entrementes ganhara ali uma casa de veraneio!...

Dito de outra forma, os dois cenários eram aceitos, os dois corroborados por boatos, notícias de jornal, relatórios da polícia secreta, pesquisadores ocidentais da época e da atualidade. E, o que era mais fantástico, aceitos integralmente, sem a condicionante de que um fosse apenas sonho para que o outro fosse real.

Portanto, os fantasmas passeavam por Perediélkino nesse ano de 1937, conversando, talvez até mostrando alguns versos um ao outro...

O mesmo acontecimento, com duas aparências distintas... ou dois acontecimentos com uma mesma aparência?

Como se não bastasse isso, os versos irrompiam novamente entre eles. A mesma jocosidade, talvez. Ou quem sabe outra. Palavras para um novo poema nunca haviam faltado. Pelo contrário. Inclusive às claras, como transparecia já no título: *Ode a Stálin*.

Quer se quisesse quer não, o pensamento arcava com um novo fardo. Se assim era, por que Pasternak não corria para o telefone e transmitia a notícia? A notícia de que Óssip M. finalmente escrevera outro poema, dessa vez com comedimento, inacreditável a tal ponto que não haveria neste mundo linha telefônica capaz de noticiá-lo, mas, com o impacto, poder-se-ia criar uma de encomenda...

Exceto se...

As pessoas ficavam perturbadas com razão. Os indícios da conjuntura eram totalmente indecifráveis, em geral com duplo sentido, às vezes, triplo...

Fazia anos que dezenas de pesquisadores se ocupavam daqueles três minutos de um verão longínquo de 1934, em vão. Esmiuçavam-se as narrativas, comparavam-se entre si as versões. Em 2014 a imprensa israelense celebrou o octogésimo aniversário do memorável telefonema, que dali a pouco tempo completaria um século, mas o esclarecimento permanecia distante.

Os enigmas mal podiam esperar para voltar à cena. Por exemplo, recordavam-se as muitas prisões de Mandelstam, mas nunca suas libertações. As coisas chegavam a tal ponto que se cogitara se o verdadeiro motivo de cada libertação não era apenas a prisão seguinte...

Outros mistérios embaralhavam, ali onde menos se esperava, o código ou a mensagem dos fatos.

Corria aquele mesmo verão de 1934, apenas uns poucos dias antes do telefonema de três minutos; esperava-se a prisão de Pasternak, mas, para surpresa geral, este presidiu uma sessão do imponente Congresso dos Escritores, aquele mesmo que proclamou ruidosamente o realismo socialista soviético-universal.

A questão dos versos dedicados a Stálin permanecia impenetrável. Os boatos referiam-se sempre a dois poemas: o "ruim", do *Montanhês*, que cavara a tumba do autor, e o outro, o "bom", que não logrou salvá-lo, a *Ode*.

Quando se falava a respeito, com frequência em voz baixa, chegava um momento em que os interlocutores desviavam o olhar. Havia algo naquela história que não encaixava mas que não se ousava dizer abertamente. Conforme a lógica, se um dos poemas matava e o outro não, o primeiro a ser composto haveria de ser o último, a *Ode*. Só depois viera o matador.

Contudo, um reexame, mesmo superficial, do que ocorrera demonstrava que se dera o inverso. Todos os dados insistiam que o *Montanhês* fora o primeiro dos poemas e inclusive a única e exclusiva causa do telefonema.

Diálogos dessa natureza habitualmente terminavam em silêncios, às vezes entrecortados por um suspiro de exaustão, de arrependimento, do tipo: Bem feito para nós, que nos metemos com essas futricas.

Circulavam boatos sobre uma fotografia tirada nos últimos dias antes da morte de Lênin, na qual os sintomas da sífilis eram patentes. Parecia inacreditável, mas Stulpans, nosso companheiro de curso, um dia trouxe a foto de Riga. Nunca vi coisa mais triste.

Aquilo explicava tudo, disse ele. Em seguida, quando expressei meu espanto por não terem sumido com a foto, Stulpans sorriu com ironia. Ele próprio fizera o mesmo comentário para um amigo, mas o outro retrucara que, longe de sumir de circulação, ela seria cada vez mais valorizada. A explicação, prosseguia Stulpans, fora mais que surpreendente. Sempre de acordo com ele, o instantâneo, longe de prejudicar Lênin, era o único sinal de humanidade de uma pessoa que parecia não ser deste mundo, podia ocorrer de no futuro ela vir a ser a única prova… a seu favor.

Procurei sufocar uma interjeição, um "ufa", mas ela não lhe escapou.

Vejo que isso lhe parece um exagero, dissera Stulpans em voz baixa. Ele próprio reagira assim a princípio. Mas seu amigo lhe explicara que chegaria a hora do ajuste de contas com o terror. Chegaria também a hora de Marx, acrescentou depois.

Marx também?

Por um instante fitamo-nos em silêncio.

Em vez de continuar com Marx, ele me indagara que mosquito picara a Albânia, que ao contrário da Letônia ficava longe da Rússia, a dois mil quilômetros de distância, para fazer dela a mais fiel aliada da União Soviética.

Dei de ombros, pois não sabia o que responder. Ele sentiu que a conversa me enervava, como acontecia às vezes quando se abordava, mesmo obliquamente, o servilismo à Rússia por parte de pequenos aliados, como a Albânia. Aquilo me pareceu a maior das humilhações e Stulpans não podia ignorá-lo, de modo que, para apaziguar as coisas, ele me lembrou que sua Letônia fizera o mesmo.

Escutou-me pensativo quando repeti que, em matéria de fascismo e nazismo, a Albânia nada tinha a dever aos outros países da família.

A Albânia fascista, suspirou, dentes cerrados. Durante as aulas sobre Migjeni algo assim ficara subentendido, mas, estranhamente, raras vezes se usava a expressão, se é que se usava.

Eu disse que ele tinha razão e, no mesmo instante em que ouvira soarem as palavras "Albânia fascista", sentira que minha língua não estava acostumada a elas. A verdade era que não se falava abertamente disso, nem mesmo agora, mas eu não vislumbrava a causa. Talvez estivesse ligada às relações turbulentas entre fascistas, nacionalistas e comunistas albaneses. Uma história conhecida, que se repetia a meia-voz, dizia que a princípio os comunistas não se entendiam mal com os nazistas, declararam guerra a estes últimos no dia em que eles invadiram a União Soviética. Depois, a história tinha seguimento à moda albanesa: os nacionalistas, por implicância com os comunistas, uniam-se aos alemães, alegando, além da ojeriza aos colcozes, que os interesses nacionais assim o exigiam.

Stulpans escutava, olhos cravados em mim. Ocorreu-me que talvez o que eu contava lhe parecesse exagerado, estive quase a ponto de me exasperar com ele, pois já que eu confiara em sua versão sobre a sífilis de Lênin ele também tinha a obrigação de confiar em mim mesmo que eu exagerasse.

Como se lesse o que ia pela minha cabeça, Stulpans inesperadamente retornou a Lênin, dizendo que de início contradissera seu amigo no que tocava à doença venérea do chefe russo.

Mesmo tendo um nome detestável, não passava de uma enfermidade, portanto algo humano, poder-se-ia dizer.

Eu conhecia aquele abrandamento de tom que conduzia automaticamente a certa complacência para com a brutalidade da época. Mas daquela vez Stulpans fora mais raivoso que de hábito. Segundo ele, Lênin ultrapassara todos os limites. Não era difícil deduzir que se referia ao aniquilamento da família do tsar. Quando o trono caíra, arrastara a todos consigo, o monarca, a tsarina, o príncipe e as pequenas princesas. Ninguém o ignorava, houvera até coisas piores.

O que pode haver de pior?, indaguei.

Sempre há coisas piores, disse ele. Em outra ocasião contarei e você vai ficar de queixo caído. E eu direi: aí está o seu Lênin, seu e meu também.

Stulpans estava quase aos soluços. Escute, acrescentou pouco depois, eu falo assim com amargura, para que você saiba o que esse homem fez à minha Letônia. E com certeza à sua Albânia.

Seu discurso tornava-se cada vez mais confuso. Talvez por se dar conta disso e tentando se fazer entender, ele começou a usar aqui e ali algumas palavras em albanês, enquanto eu conjecturava que, decididamente, aquela era uma tortura que eu nunca experimentara neste mundo, ouvir o desabafo de um letão, falando russo, de mistura com um albanês do século XVII.

Tentou me explicar que, mesmo parecendo contestar nossa época, ele na realidade queria que ela fosse um pouco mais aceitável. Acredito que você também já experimentou esse desejo. *Não é?* O desejo de não ter tanta vergonha desse tempo, já que, afinal de contas, carregávamos o labéu de pertencer a ele. *Não é assim?*

Você disse que não podia haver algo pior que o fuzilamento das princesas? Imagine então os relatos que o chefe comunista russo recebia das províncias longínquas, com base nos quais devia tomar as decisões para melhorar a situação do povo russo. Atento, consultando as listas, ele anotava ao lado do nome de cada província as medidas emergenciais que precisavam ser tomadas para salvar as pessoas do frio e da fome, sob o olhar dos assessores que se maravilhavam ao ver como sua mente genial sem demora encontrava a saída para cada caso. Em Vorónej, por exemplo, bastaria um aumento de onze por cento nos fuzilamentos sumários, o que não seria necessário em Tcheliábinsk. Ao passo que em Ekaterimburg, velho bastião antissoviético, ao contrário, mesmo um aumento de vinte e três por cento seria pouco. E assim por diante, com um cuidado paternal, ele buscaria o mais adequado a cada lugar, Krasnoiarsk, digamos, Novossibirsk, Samarcanda ou onde Judas perdeu as botas. Doze por cento...

Isso lhe parece intolerável?

Espere, há mais. Todas essas porcentagens e cifras passavam pelas mãos de Lênin. Muitas vezes provocando nele um suspiro comovido, como se fossem cartas de amor semelhantes às que ele provavelmente nunca escrevera.

Assim chegara a vez da família imperial. Era a primeira pergunta que despontava no horizonte, junto com os primeiros sinais da revolução. O que se faria com eles?

A derrubada, natural e inevitavelmente, começava pela execução do tsar, subscrita, quer se quisesse quer não, pela mão de Lênin. A seguir, a mesma sentença para a tsarina. Depois era a vez das princesas. Milhões de garotinhas no mundo sonhariam ser agraciadas com aquele título, enquanto se penteavam em frente ao espelho.

Entre bilhões de palavras criadas em todas as línguas, aquela era sem dúvida a mais doce e inofensiva. No entanto, a mão de Lênin não se detivera diante dela. Ele se persuadira e nada o faria recuar, nem sequer aquelas bruxas de nomes encantadores. Ordenou a condenação.

Eis que surgia, por último na ordem mas não na importância, o *tsarévitch*. O filho do monarca. O herdeiro. O que subiria ao trono. O que perdera o trono.

Era certamente o objetivo final de todo regicida.

Centenas de soberanos haviam caído desde sempre. Portanto, os olhos do mundo estavam habituados, inclusive com as mais insuportáveis derrocadas, as de bebês coroados. Ainda assim, não se apresse a dizer que já se sabia. A mão de Lênin se estendera para subscrever o que se sabia e se ignorava: a morte de um *tsarévitch* hemofílico. Portanto, uma morte peculiar. Um pequeno arranhão teria bastado para matar qualquer hemofílico, e Lênin o sabia. Ainda assim ele não hesitou por um instante ao dar a ordem para que centenas de balas de metralhadora matassem mil vezes o corpo do menino tsar.

E agora eu imagino esse homem erguido ao ápice do poder, alguns anos antes, numa viela sombria de Zurique, ao lado de uma prostitutazinha suíça, um homenzinho tímido, banal, perguntando em alemão: Quanto é, menina? Repugnante, não? Ainda assim, essa figura de cabelos escassos, comparada com o implacável chefe russo, o das porcentagens, se assemelharia a um anjo, em seu solitário momento de humanidade, no umbral da sífilis que compartilharia com uma putinha europeia.

Tardaste, putinha.
Tardaste uns anos.

Fiquei completamente petrificado, a ponto de não perceber o sentido daquelas palavras.

Stulpans não desgrudava os olhos de mim. Qual atraso ou qual erro cometera a meretriz de Zurique enquanto transmitia a sífilis por meio de seu baixo-ventre?

Ninguém o sabia, talvez nem ela mesma. De modo que ela se fora deste mundo, ferindo o monstro sem derrubá-lo de todo.

Stulpans pediu-me desculpas pelo discurso destrambelhado, enquanto meu pensamento voltava inapelavelmente a Marx, mais precisamente à sua doença, que devia ter sido ainda mais terrível que a de Lênin, porém Stulpans parecia tão estafado que não ousei perguntar-lhe.

A vez de Marx há de vir, murmurei comigo mesmo, enquanto me esforçava para ouvir o sussurro do outro. Três minutos, dizia ele, entenda, criatura, apenas três minutos, e quase perdemos a cabeça tentando decifrá-los, pense então em toda uma época, a mais traiçoeira deste mundo. E você me indagava se sete versões não seriam demasiadas.

Demasiadas jamais poderiam ser. Insuficientes, sim. Ele repetiu a frase num albanês ainda mais arcaico, talvez do século XVI, do qual havia traduzido um salmo.

De qualquer minúcia das versões, de onde menos se espera, pode brotar o enigma. Lembra daquele dia em que falamos da Esfinge?

Não, quase gritei.

Entendi. Você cansou. Todos cansamos.

Ióssif Sifilisovitch Stálin... acrescentou pouco depois. Logo falou mais alguma coisa sobre a época. Escutara um poema de Anna Akhmátova em que ela fazia menção ao apocalipse e à previsão de um anjo de que "não haveria mais tempo".

Não venha me dizer que precisamos nos apressar, pensei.

Ele balbuciou algo completamente incompreensível. Em seguida agregou que Anna reafirmara sua convicção de que alguns dos versos dos anos 1940 ela escrevera estando morta.

Embora eu já tivesse ouvido falar a respeito, quase gritei que seria impossível.

Impossível, repetiu ele.

Fazia algum tempo que essa palavra era empregada cada vez com mais intensidade por nós dois, como se quisesse recordar-nos que algo oposto ao possível estava acontecendo exatamente entre nós.

Seria talvez que nós próprios estaríamos nos tornando impossíveis, um face ao outro?

Ele, eu, os dois... Quanto mais passavam os anos, mais um pedaço de nós já não existia no outro.

Nesse meio-tempo, as conversas entre nós continuavam tal como antes em meu pensamento. Stulpans, você é meu melhor amigo no curso. Mas você não tem necessidade de passar por morto. Porque na verdade não é assim...

Depois que tínhamos saído de Moscou, já fazia tempo, Stulpans se matara. Mas isso em nada me impedia de prosseguir as conversas com ele deixadas a meio caminho. Em especial aquelas sobre um possível conflito entre a Albânia e a União Soviética. Seria um conflito de fato ou um jogo? Ou ainda outra coisa? Realmente nunca mais nos encontraríamos ou apenas fingíamos que não?

Havia acontecido a coisa mais inacreditável neste mundo. A imprensa soviética, inclusive a letã, agora chamava a Albânia de fascista. Talvez um dia chegasse a vez de a Letônia ser qualificada desse modo. Mas àquela altura Stulpans já não existia. Ao passo que eu sim.

Stulpans Jeronim, morto...

Quisesse eu ou não, teria que viver sozinho aquela barafunda de treva e luz, apavorantemente entrelaçadas como em todos os grandes mal-entendidos. Em não raras ocasiões parecia-me que aqueles três minutos de Pasternak não passavam de mais uma de minhas manias exageradas, que eu faria bem em abandonar.

Em outros momentos parecia diferente.

Acontecera bem ao meu lado, casualmente ou não; eu estava na obrigação de desvendar, fragmento por fragmento, aqueles duzentos segundos fatais em que o ritmo da tragédia confrontara o poeta e o tirano.

Fora um encontro aziago, que não deveria ocorrer, mas ocorrera ainda assim, para desgraça de nossos irmãos de combate.

Por conseguinte, nós, que sabíamos algo sobre o evento, precisávamos prestar testemunho, ainda que este parecesse sem sentido. Fragmento por fragmento, segundo por segundo... Tal como ele e todos os nossos semelhantes que porventura haviam testemunhado em seu favor, alguns sem sequer sabê-lo, alguns evitando tomar partido. Porque a arte, ao contrário do tirano, não demanda compaixão. Apenas oferece.

NONA VERSÃO

Portanto, fragmento por fragmento. Imparcialmente. E sem compaixão. Nona versão. O ano é 1934, não questionado por ninguém. A testemunha, uma mulher, a sexta até agora.

Das treze versões, a maioria, tudo indica, partiria de mulheres.

O primeiro testemunho, que por muito tempo fora encarado como uma criação do KGB, havia sido, como vimos, o da atriz Zinaída Antónova, um personagem esquecido a seguir. A décima versão provém novamente de uma mulher, da qual o principal elemento a reter é o nome, Tchaikovski, de quem era sobrinha.

As suposições privilegiavam as mulheres, como as mais doces e igualmente as mais amargas na explicação do inexplicável. E assim vinha ocorrendo, desde Helena de Troia.

As primeiras a indagar quem era aquela mulher eram as criancinhas. Mais adiante, não havia quem ignorasse que, entre bilhões de mulheres do planeta, ela vivera a mais célebre das histórias de amor.

Era algo fácil de dizer, mas dificílimo de compreender e sobretudo de tornar plausível.

Insistiam nesse ponto, sem sequer mostrar grande empenho, como sucede usualmente com as coisas já sabidas, os poemas homéricos e na sequência as tragédias da Antiguidade. Em sua infindável coleção de versos, quase um milhar deles, repletos de carros de guerra e reis sacrificados, evocavam aqui e ali a história de Helena, vista como o maior escândalo de seu tempo.

Ocorria que a compulsão de conhecer as zonas secretas do planeta se tornava tão intolerável quanto seu contrário. Em certas ocasiões, as pessoas tinham a sensação de que havia tantos mistérios no mundo que habitavam que, caso estes insistissem em se multiplicar, faltariam lugares onde ocultá-los.

Mais do que pela história da mulher que largara o marido pelo amado, para retornar ao marido vinte anos depois, Helena de Troia, conforme descrevia com exatidão seu curriculum vitae, cativara a imaginação mundial pela razão oposta. Em outros termos, dos dois qualificativos, "mulher fiel" e "mulher infiel", a arte escolhera o segundo, a perfídia, deixando a fidelidade para a vida real (ou para o realismo socialista, como diria Jdánov).

Conforme uma lógica mais prosaica, passado o ruidoso escândalo, entre os dois qualificativos possíveis, provenientes dos dois povos em guerra, Helena de Troia para os gregos e Helena da Grécia para os troianos, ela provavelmente ficara com os dois. Cada povo se inclinava a vincular o nome dela ao inimigo, como se fosse uma desgraça. Por fim, quando a sina do conflito mudou e os troianos foram vencidos, junto com eles caiu também a denominação Helena da Grécia, restando, para os séculos dos séculos, o nome que conhecemos, Helena de Troia.

Desde então, milhões de ditos e pensamentos são dedicados a essa noiva da morte, que mesmo depois de voltar para o marido manteve o nome da cidade exterminada por sua causa.

Face às nossas palavras e interrogações, ela silencia, quase por completo. Não há registro sequer de desvarios corriqueiros, leve-me, não me leve. Conduza-me a Troia. A Troia não. Devolva-me à Grécia. Ali, nunca jamais.

Não conhecemos nada disso. Assim como ignoramos se devemos respeitar o silêncio da mulher ou podemos continuar a questionar isso tudo. Sobre o celebérrimo rapto, se ele realmente ocorreu, sobre a longa viagem (serão mesmo de Troia essas muralhas?), sobre tantas outras coisas, exceto as sepulturas dos soldados mortos, sobre as quais em geral não se reclamam ou se fornecem explicações.

Vinte séculos mais tarde, novamente nada sabemos sobre uma menina de nove anos, de Florença, uma certa Beatriz Portinari, cujo olhar cruzou com o de um menino, na porta da igreja. Passados nove anos, o acaso a levou a sorrir para o mesmo rapaz, sem saber seu nome. Depois disso, nada. E, na sequência, tudo.

Os dois nunca mais iriam se rever. Naturalmente, tampouco iriam se tocar. Iriam casar-se com outros. Teriam filhos. Morreriam. Porém, permaneceu intocado o segredo do celestial poema que criaram em conjunto, em algum espaço do nada, onde ninguém nasce nem morre.

Três séculos mais tarde, alguém poderia evocar uma terceira mulher para dar sequência à conversa impossível. Tem um belo nome: Dulcineia. A doce senhorita de Toboso. Agora tocaria a ela dizer: Nada sei. E nada entendo. Pois, contrariamente a tantas mulheres, penetrei a mente de um louco. Ainda assim, os dois, você e o demente, criaram uma terceira pérola da humanidade, por assim dizer. Entende, senhora? Não. Nunca nos tocamos. Não importa, você está na cabeça dele. Mas ele perdeu a cabeça, senhor. Estou sobrando nessa história. Estou, dir-se-ia, por puro acaso nessa... loucura.

Sabe-se há séculos que a mente sã, ou, em outras palavras, a razão e seu oposto, a desrazão, sempre implicaram uma com a outra. Ainda assim, havia ocasiões em que o absurdo era o preferido supremo, sobretudo no amor e na arte. O termo "mistério" em nada desgostava uma parcela das mulheres, em especial as que possuíam e apreciavam um pouco dele. Nessa espécie feminina, um resfriado no início do outono, modificando a voz e o alento, ou um olhar amortecido facilmente se tornavam instrumentos de sedução. Desse modo elas podiam passar de seu estado natural para outro novo, que estudiosos russos tinham denominado "estado de amor", até empregando, em conformidade com um antigo costume, a expressão francesa *état d'amour*, em paralelo a *état de guerre*.

Acreditava-se que mulheres com semelhante inclinação pudessem se distinguir em muitas atividades, mas não como testemunhas. Assim, procurara-se resguardar certa imparcialidade no sexto testemunho, contido, distante, frio, aquele que ao sentir o olhar amortecido em vez de usá-lo como meio de sedução correria para o oftalmologista em busca de óculos adequados etc. etc. Em poucas palavras, a sexta testemunha, que não pertencia a nenhuma das tribos vistas como "enigmáticas", era Maria Bogoslóvskaia, esposa de Serguei Bobrov, um poeta futurista de então, conhecido de nossos leitores graças à terceira versão destas anotações.

A narrativa dela foi confiada a Víktor Duvákin, que também registrou num gravador o depoimento do marido sobre o mesmo evento.

Eis o texto:

"Assim que retornei a Moscou vinda do degredo, eu quis fazer alguma coisa por meu companheiro. Uma ajuda, uma permissão para publicar. Numa palavra, recorri a Pasternak. No início a conversa girou em torno da situação de Serguei Pavlóvitch (o marido), como ajudá-lo... Pasternak logo franziu o cenho e disse que não havia a menor possibilidade. 'Você sabe sobre minha conversa com Stálin?'

"Não, nada sei. Então ele relatou tudo. E agregou ainda: 'Para mim não foi fácil falar. Eu tinha visita em casa'.

"Stálin perguntara a ele sua opinião sobre Mandelstam. 'E é aí que residem a sinceridade e a honradez do poeta', disse-me Pasternak. 'Eu não posso falar de algo que desconheço. Isso me é alheio. De modo que respondi a ele que eu nada poderia dizer sobre Mandelstam.'

"Quer dizer que Pasternak não declarou: 'Mandelstam é um grande poeta?'.

"Não, não disse nada. Foi o que contou a mim, que nada dissera.

"E justificou-se dizendo que não poderia mentir para si próprio.

"Mas por que esse assunto veio à baila?

"Porque eu mostrei a ele alguns versos de Serguei Pavlóvitch (Bobrov). Pasternak me disse que não estavam entre os versos de Bobrov que ele apreciava. Além disso... ele não tinha o poder de fazer alguma coisa... 'Você há de entender', disse, 'agora, depois dessa conversa, meu prestígio (*moi prestije*) está em baixa...'"

(Texto conforme *Óssip e Nadiejda Mandelstam*, Moscou, 2002.)

Numa análise cuidadosa, parece totalmente plausível a parte inicial do depoimento, em que Maria Bogoslóvskaia, reproduzindo o conhecido ritual das mulheres russas, ao retornar do degredo onde deixou o marido vira Moscou pelo avesso em busca de ajuda. Ela recorre a Pasternak e o começo da conversa entre os dois é igualmente natural, até o momento em que ele "franziu o cenho" e disse que não havia possibilidade de ajudar.

É nesse instante que algo se rompe entre os dois. Não sabemos se houve um silêncio da parte de Pasternak. Tampouco possuímos outro testemunho sobre a situação que se criou, ou sobre a pergunta que Pasternak pode ter dirigido a si próprio sobre sinceridade: Ele era instado, com razão, a ser franco, mas seriam os outros sinceros para com ele?

A ingenuidade de Pasternak era bem conhecida. Ainda assim, por mais notória que ela fosse, ele haveria de perceber que, naquela circunstância, era precisamente sinceridade que exigia Maria Bogoslóvskaia, a simplória, a neutra, a crédula etc.

Possivelmente ele percebeu algo, mas não quis explicitá-lo por respeito ao colega no degredo. Contudo, depois da pergunta — "Você sabe sobre minha conversa com Stálin?" (que poderia ter sido formulada com outra nuance: "Você decerto sabe sobre minha conversa com Stálin?") — ele escuta uma resposta monstruosa: "Não, nada sei". Pasternak ainda dessa vez se contém. Em lugar de dizer: "Minha senhora, viajou dois mil quilômetros para contar-me uma tal lorota? Como não haveria de saber daquilo que há meses e meses está na boca de toda Moscou? E seu marido, Bobrov, a quem nada escapa, não lhe contou nada?".

Longe de dizer algo do gênero, Pasternak fez algo inimaginável. Contou a ela, Maria, a ingênua, o diálogo mais diabólico de sua vida, sem sequer se esquivar de sua perigosa essência. Agiu assim para não trair a si próprio, segundo afirmou, ou por respeito a seu colega etc. etc.? Nos dois cenários, sua sinceridade permanece intacta.

Para elucidarmos mais alguma coisa, é obrigatório retornarmos à terceira versão, um dos depoimentos fundamentais, feito pelo próprio Serguei Bobrov.

O episódio ocorreu entre Serguei Bobrov e o professor e crítico literário Víktor Duvákin, muito presente nos acontecimentos da época.

Portanto, eis que os dois, Bobrov e Duvákin, achavam-se a sós, depois que passara o verão moscovita de 1934, depois que Mandelstam fora preso e com certeza depois do telefonema de Stálin.

Bobrov abriu a conversa:

Você, Duvákin, conhece a história de como Pasternak se recusou a defender Mandelstam?

Sem esperar por uma resposta, Bobrov, como para encorajar-se, em seguida agregou que ouvira a história duas vezes.

Há algumas coisas que causam espanto desde o início dessa conversa. A primeira surpresa é que Bobrov pretende saber de algo que Duvákin, segundo ele, desconhece. (Os dois fazem parte do círculo de relações de Pasternak e nada indica que Bobrov seja mais íntimo do poeta para coonestar o que ele diz acima.) A outra surpresa é que Bobrov não só está a par "daquele algo", como, para enfatizar seu conhecimento, apressa-se a dizer que escutou duas vezes a história, uma delas da sua própria mulher (Maria, a simples, a neutra etc.). Dito isso, fica patente sua superioridade a Duvákin (se é que saber dos assuntos de Pasternak pode ser tomado como superioridade).

A resposta de Duvákin constitui o elemento mais inesperado nesse diálogo. Ao contrário de Pasternak, Duvákin não é ingênuo e sabe levar as coisas até as últimas consequências. Sua refutação é uma ducha fria para Bobrov. Ele não só sabe o que ocorreu ao poeta, mas ouviu-o do próprio Pasternak, diferentemente de Bobrov, que teria ficado sabendo pela esposa.

Duvákin segue adiante. Ele não é nenhum defensor de Pasternak, inclusive admite os equívocos do colega, porém, diante do cinismo de Bobrov, interroga, sem ocultar a irritação: Mas você, de onde tirou essa notícia (ou essa fábula, esse conto de fadas)?

Do próprio Pasternak, como eu, ou de terceiros (Chklóvski, por exemplo)?

Serguei Bobrov deve ter se sentido em maus lençóis como poucas vezes em sua vida. As perguntas, para não dizer as suspeitas, são inúmeras. As respostas, quase impossíveis. A começar pela questão principal: quando se deu "o acontecimento"? Antes do degredo de Bobrov? No seu transcurso? Depois?

Não menos embaraçosa seria a questão: por quê? E haveria outras mais, cada uma mais difícil que a outra. Antes e acima de tudo: por que Bobrov confidencia isso a Duvákin? E há outras não menos constrangedoras, como indagar a verdadeira razão da visita de sua mulher a Pasternak.

Portanto, quando e por quê?

Raras vezes um "quando?" e um "por quê?" terão estado tão entrelaçados. Uma das últimas publicações da conversa registrada em gravador data de 2002, quando todos os personagens do episódio já morreram. Serguei Bobrov morreu em 1971, portanto o diálogo com Duvákin ocorreu entre 1934 e 1971. Trinta e sete anos é um período longo demais para recordar um evento tão curto. Dentro desse intervalo encontra-se, entre outras coisas, o ano escandinavo de 1958. Muitos já esmiuçaram esse ano fatal. Buscavam nele a chave do mistério do telefonema, ainda que este datasse de um quarto de século antes.

Não é difícil imaginar a chegada de Maria, mulher de Serguei Bobrov, à localidade designada pela sentença de seu marido para o degredo, como acontecera antes com Mandelstam.

Era uma rotina conhecida das mulheres russas, chegar a um ambiente estranho, que dali em diante seria o "seu", a angústia, as lágrimas nas faces, o silêncio do momento inicial, antes da pergunta: Como vão as coisas lá em Moscou?

A resposta soaria às vezes difícil, às vezes desnecessária, a ponto de poder ser substituída por um dar de ombros. Como vão? Como se sabe. Tudo escasseava, a começar pelos telefonemas, seguidos pelo resto, podia-se imaginar. O afastamento dos conhecidos, dos amigos, melhor nem perguntar... Mesmo assim, sabe-se que ele perguntaria, que ela responderia, que a conversa transcorreria afinal. Não havia notícias de Mandelstam. Nem das duas damas, afora o rumor de que uma delas tentara se matar, o que, ainda bem, não era verdade. Qual delas, indagara ele, imagino que Anna não. Também acho, foi a outra, Tsvetáieva. Ele com toda a certeza iria perguntar sobre Pasternak, mas ela contestaria nebulosamente. Recordavam ainda aquele telefonema do grande chefe? Maria daria de ombros outra vez. Talvez aguardasse a eterna reprimenda dele, frente à sua incapacidade para se manter a par das últimas novidades, mas, surpreendentemente, a reação dele fora outra. Baixara os olhos, dissera: "Escute", silenciara por um longo período. Em seguida dissera outro "escute" e, sem desviar os olhos, passara a narrar alguma coisa em voz lenta. Às vezes ela interromperia a narrativa para dizer que não havia motivo para ele olhá-la com aquele olhar fixo. Ela conhecia Pasternak, de modo que não seria de espantar que fosse até ele depois de amanhã, quando voltasse a Moscou... Todas as mulheres de condenados ao degredo... Nem havia motivo para indagar o porquê. Era sabido.

Era precisamente aquilo que nas circunstâncias era menos sabido. Por que Bobrov enviou sua esposa a Pasternak? Julgaria de fato que o outro faria por ele o que não fizera por seu amigo Mandelstam? E, por fim, acreditaria que Stálin daria ouvidos à intervenção do poeta? Era possível que Bobrov nada esperasse daquilo. Nesse caso, a pergunta "por quê?" soaria mais adequada que nunca. Soaria desde o primeiro instante do evento, durante, depois, para sempre, como um toque de sinos vespertino, até chegar aos nossos dias.

Tantas complicações em torno do testemunho de uma mulher simples, periférica, conduzem à ideia de que talvez o traço fundamental dos enigmas do comunismo fosse justamente sua eclosão quando menos se esperava. O filho que denunciava o pai, a avó o neto, o ministro seu alfaiate. Os clichês se espatifavam. E, entre os clichês, aqueles relativos às mulheres. Então, que fazer? Renunciar a eles justamente quando se mostravam mais complicados, como no caso de Pasternak? De modo algum.

DÉCIMA VERSÃO

Olga Ivínskaia. A amada. Naturalmente a predileta. A rival da esposa Zinaída Pasternak, na vida real, porém mais ainda na zona celestial da arte. A pergunta sobre qual das duas poderia encarnar o personagem Lara no *Doutor Jivago* tornou-se tão conhecida e dilatada que mencioná-la pode até parecer não um indicativo de cultura mas um lugar-comum.

As encrencas do tipo esposa-amante, conforme um renitente estereótipo são resolvidas usualmente em favor das amantes. No caso de Pasternak isso não ficava claro. Ficava a sensação de que, se o poeta fosse alçado ao posto de juiz, poderia talvez ficar mais perplexo que na conversa com Stálin.

"Quando o telefone soou (tocou, tilintou) trazendo a ligação do Krêmlin: O camarada Stálin irá falar-lhe agora, B. L. (Boris Leonídovitch) quase perdeu a voz." Eis o depoimento sobre os primeiros instantes do episódio, que Olga Ivínskaia fornece tal como ouviu de outros, principalmente do próprio Pasternak.

Segundo ela: "O dirigente falou num tom gasto (*grubovato*), usando o pronome 'tu', como era seu costume. Conta um pouco, o que andam dizendo em teus círculos literários sobre a prisão de Mandelstam?".

B. L., conforme sua conhecida tendência a evitar coisas demasiado terrenas escapando para conjecturas filosóficas, respondeu: O camarada sabe, nada se diz, pois para que se dissesse seria preciso existirem círculos literários. Como não há os círculos, nada se fala. Pois todos têm medo.

Um longo silêncio do outro lado da linha. Depois: "Bem, diz-me então, o que pensas sobre Mandelstam? Qual tua opinião sobre ele como poeta?".

Aqui B. L., com aquelas suas célebres tergiversações, pôs-se a dizer que ele e Mandelstam eram poetas de tendências completamente diferentes.

Quando B. L. parou de falar, Stálin, em tom de caçoada, disse: "Então, portanto, não sabes defender teu companheiro". E desligou.

"B. L. disse-me que naquele instante ficou paralisado, tanto pelo modo ultrajante como o telefone fora desligado como por sentir que o merecera" (Olga Ivínskaia, *Meus anos com Pasternak, prisioneiro da época*, Moscou, 1972).

Benedict Sarnov chama a atenção para o tuteio por parte de Stálin e não pensa que tenha sido uma fantasia de Ivínskaia. Na realidade, o depoimento dela é o único a tocar nesse pormenor. Das duas interpretações, o uso do "tu" como sinal de intimidade ou de desprezo, Ivínskaia optou pela última.

O próprio Pasternak nunca mencionou o fato, fosse por não ter percebido, por ter ficado perturbado, ou por não querer recordar uma afronta demasiado ofensiva.

Olga Ivínskaia. Amante de Boris Pasternak por catorze anos. Segundo ela, tinham se conhecido em abril de 1947, na redação da revista *Nóvi Mir*, onde ela trabalhava como redatora e ele às vezes se ocupava de aspectos tediosos da publicação. Ela, bela loura tipicamente moscovita, poeta, trinta anos. Ele, famoso porém instável, problemático, já quase sexagenário. Até aí o clichê parece familiar. Mais tarde, é como se uma tormenta tudo desfaça.

As coisas iniciam com a esposa do poeta, usualmente considerada a perdedora do duelo. Com certo pejo, os analistas do *Jivago* observam que a rivalidade entre Olga Ivínskaia e a esposa de Pasternak não se presta a simplificações. Primeiro, Zinaída Pasternak nunca foi uma mulher abandonada, longe disso. Muita gente guardava a lembrança do inesquecível concerto em que seu primeiro marido, o pianista Heinrich Neuhaus, de súbito golpeara o piano com a fronte e explodira em soluços, pois, como ficou explicado posteriormente, naquele mesmo dia soubera que Zinaída vivia um flerte com Pasternak.

Uma opinião difundida mais tarde atribui aos homens dos anos 1920 e 1930 uma propensão maior para chorar que seus sucessores. Independentemente disso, não se pode dizer que explodir em lágrimas diante de trezentos espectadores, por ter sido preterido pela esposa, fosse uma coisa corriqueira.

Bastaria essa proclamação à moda de Bach (se é que se pode chamar assim o golpe no piano) para que Zinaída Neuhaus ocupasse o centro das atenções românticas da época. Imaginem-se quantas fortes impressões a história não deixaria quando, depois de se saber quem perdera a mulher, descobriu-se quem a conquistara: Boris Pasternak.

O poeta não só estava ciente, ele se encontrava precisamente no salão onde ocorrera o episódio. E, como se isso não bastasse, ele, o adversário triunfante, fazia tal e qual o derrotado: chorava.

Boris Pasternak efetivamente casou-se com Zinaída Neuhaus, mas isso não queria dizer que outras reviravoltas não se seguiriam em sua vida erótica. Dentre elas, a mais demolidora foi sem dúvida a de 1949, quando, no auge do idílio com Olga Ivínskaia, a pesada sombra do cárcere se projetou entre os dois.

Em casos desse naipe a mente automaticamente remetia ao parceiro masculino, mais ainda quando este era um personagem imponente e acossado por suspeitas como Pasternak. Contudo, não fora ele e sim a sedutora loura quem acabara no cárcere.

Passada a surpresa inicial, rememorou-se que não havia tanto motivo para espanto. Em casos como esse, quaisquer que sejam as aparências e independentemente de quem seja algemado, elas costumavam visar em primeiro lugar a ele e não a ela. Não seria a primeira nem a última vez que coisas assim ocorreriam com uma beldade: achar-se de repente no centro de uma tormenta.

Nessa ocasião o lugar-comum também circulou, embora mais sofisticado que de costume: por meio de uma bela mulher obteriam de Pasternak o que não tinham obtido de Bobrov, Surkov, Duvákin, das cinco irmãs S. ou do último discurso de Jdánov.

Caso isso se revelasse desnecessário, já que as inclinações sombrias do poeta eram bem conhecidas, restaria ainda outra razão: prender a amada para negociar com o personagem. A captura de reféns era algo tão velho como o mundo. Mais ainda quando Olga estava grávida de Pasternak, o que tornava sua prisão duplamente eivada de significados.

As motivações citadas não impediram que outras conjecturas, das mais inacreditáveis, brotassem de toda parte. Houve uma onda de suspeitas e interrogações sobre quem seria de fato Olga Ivínskaia, uma moscovita travessa ou uma agente da CIA, como tantas que ultimamente eram descobertas com crescente frequência. Ou, pior, uma agente dupla. Suspeitou-se até que Olga, diferentemente do que indicariam as aparências, seria uma mulher tão importante, tão forte, que não fora encarregada de espionar Pasternak, mas, ao contrário, ele é que fora recrutado para elucidar o mistério dela...

O caos imperava. Não se entendia o que as pessoas diziam, menos ainda seu raciocínio, para não falar dos próprios acontecimentos. Não se entende nada?, indagara um dia o diretor teatral Meyerhold, em tom meio brincalhão. E em seguida agregara: Para entenderem alguma coisa, leiam *Macbeth*.

Na realidade o teatro interferia cada vez mais que tudo no raciocínio das pessoas. Teatro, terror, terrível. Na maioria das línguas europeias, a palavra "terror" se aproximava dele. Em meio à boataria sobre Pasternak, recordava-se, às vezes ardilosamente, outras com sincera reverência, sua tradução do *Hamlet*, em curso já lá iam anos.

Hamlet, fosse como drama ou como personagem, era um gesto de cisão com a época. A aliança do príncipe dinamarquês com o fantasma acentuava ainda mais o divórcio.

Também era em si um ato de ruptura a própria indagação sobre quem teria culpa, se o homem ou a época. Naturalmente era mais simples culpar o homem, até mesmo os homens, para não dizer povos inteiros, do que a época.

Numa análise mais íntima, a proximidade Pasternak-Hamlet poderia remeter justamente à complexidade das relações pai-filho. O príncipe Hamlet fica sabendo pelo fantasma do assassinato de seu pai, o rei. Na relação de Boris Pasternak com o Estado soviético havia também uma morte, a de seu filho que era gestado no corpo de Olga Ivinskaia quando esta foi presa. Da morte do pai à do filho, o drama era similar. Porém, para além do paralelo com Hamlet, os pesquisadores da época poderiam ter sua atenção ainda mais atraída por outro personagem, Fausto, de Goethe, também traduzido por Pasternak. Em *Fausto*, por trás da amada presa, Margarida, que faz lembrar Ivínskaia, havia algo mais secreto e misterioso, o pacto com o diabo. No mundo comunista, quando se tratava de escritores renomados, pensava-se bastante nesse pacto, embora se falasse raramente dele.

Entretanto, a vida russa, longe de qualquer ontologia, encontrara seu desenlace. O acaso e as circunstâncias fizeram com que, passada a aventura de catorze anos, repleta de surpresas dramáticas (Ivínskaia, como se não bastasse sua condenação repetida, seria presa uma vez junto com a filha), as sepulturas de Boris e Olga se achassem um dia naturalmente uma ao lado da outra, em Perediélkino.

Lado a lado continuam ainda hoje, no momento em que escrevo estas linhas.

DÉCIMA PRIMEIRA VERSÃO

Era natural que a esperança de uma narrativa tão imparcial quanto fosse possível renascesse, dessa vez através do depoimento de uma pessoa realmente distanciada, em todos os sentidos: o eminente filósofo, historiador e diplomata britânico Isaiah Berlin.

Uma noite insone, passada com uma mulher russa, bastara para dividir a biografia de Isaiah Berlin em duas partes: a espontânea, britânica, e a outra, extraordinária, russo-soviética.

Quem quer que julgue essa comparação um tanto exagerada mudará de ideia ao saber o nome da mulher, Anna Andréievna Górenko, ou seja, Anna Akhmátova.

Aquela noite de fato ocorreu. Uma noite de novembro de 1945. Numa cidade autenticamente russa e igualmente soviética, São Petersburgo, aliás, Leningrado. No apartamento da conhecida poeta. De fato, uma noite em claro. Assim como são verdadeiras as palavras de Stálin: "Então, nossa irmã recebe à noite espiões estrangeiros em casa".

Os infortúnios aparentemente nunca abandonavam Anna Górenko. Desde o fuzilamento do primeiro marido, Nikolai Gumiliov, em 1921, quando ela mal completara vinte anos, até, já aos cinquenta, ser publicamente qualificada por Jdánov como "meio freira, meio prostituta".

Após o primeiro casamento, seu segundo marido, Nikolai Púnin, terminaria no cárcere em 1938 e, como se isso não bastasse, seu filho único, Liev Gumiliov, seria preso no mesmo ano. Imagine-se a angústia, as tediosas, longas esperas por uma visita, às portas da prisão, sem falar das suspeitas, da proibição de publicar, da solidão e das críticas carregadas de veneno.

Seria demais para qualquer um e em especial para uma mulher. Talvez também para uma diva que o destino fizera pagar desde cedo pela fama futura, pela admissão em Oxford e pela tardia glória mundial. Sem mencionarmos aqui o início do sonho, quando ela se enamorou de um dos mais afamados poetas russos e foi retratada por um dos gênios da pintura, Amedeo Modigliani, num café do Montparnasse parisiense, nem seu fim interminável, quando livros, poemas, memórias, até dramas musicais dedicados a ela não logravam servir de contrapeso à sua tristeza.

Retornemos a Pasternak, a Mandelstam, à noite insone e até ao dito posterior de Anna, de que a Guerra Fria entre o Oriente e o Ocidente teria começado justamente naquela noite de novembro, observação que, por muito ingênua que parecesse a princípio, ainda assim continha algo de verdade. Em poucas palavras, a primeira impressão deixada por aquela noite fria, fosse na época, fosse mais tarde, fosse até em nossos dias, possivelmente não se distanciaria muito daquela de Stálin: o erotismo. Era uma complicação, uma armadilha, um mistério que ninguém conhecia ao certo mas todos imaginavam. Eles próprios, se indagados, não responderiam com clareza. Há poemas e declarações que o atestam. Até mais da parte dele. O britânico não esconde que nunca a esqueceu. Mais jovem, Berlin sobreviveu a ela por trinta anos. Em 1997, quando ele morreu, Anna teria cento e sete anos...

Logo depois da "noite de Sant'Anna", que mudaria sua vida, Isaiah Berlin acorreu a Moscou para encontrar-se com Pasternak. Corria ainda o ano de 1945 e ele pressentia que seria expulso da União Soviética, como de fato aconteceu no ano seguinte.

Era um motivo suplementar para ele apressar-se em tudo e nada esquecer. A noite com Anna, com tudo que tinha de inolvidável, ainda assim enevoava-se pela variedade dos temas conversados, parte dos quais se vinculava aos trajetos de trem entre Moscou e Petersburgo, que ela percorria habitualmente junto com a inseparável amiga Lídia Tchukóvskaia, filha de Kornei Tchukóvski. É sabido de todos que, por sobre o ruído das ferragens e sirenes, elas passavam em revista cada uma das novidades de então, desde a possível chegada a Viena de Rainer Maria Rilke até o papel que os franceses poderiam ter desempenhado no suicídio de Maiakóvski, por meio da irmã de Lili Brik, entre muitas outras coisas. Nesse caleidoscópio Boris Pasternak dificilmente estaria ausente. O fato de o britânico visitá-lo, logo depois de deixar Sant'Anna, testemunha que o poeta fizera parte de sua interminável conversação.

"Posso relatar essa história, tal como a recordo do que me contou o próprio Pasternak em 1945." Segundo ele, quando o telefone soou não havia ninguém afora ele mesmo, sua esposa e seu filho no apartamento compartilhado moscovita, na rua Volkhonka.

Isaiah Berlin repetiu esse depoimento algumas vezes.

De acordo com ele, após uma introdução mais ou menos semelhante à de todas as versões, a voz desconhecida no telefone, a suposição do poeta de que alguém tentava zombar dele, o esclarecimento de que era realmente Stálin no telefone, vinha a pergunta deste último:

"Estivera Pasternak presente quando Mandelstam lera seu libelo poético? Pasternak respondera que não lhe parecia relevante se estivera ou não presente e que estava feliz por falar com Stálin, que sempre soubera que aquilo sucederia e que os dois deviam se encontrar para falar de coisas de excepcional importância. Stálin indagara se Mandelstam era um mestre. Pasternak contestara que enquanto poetas os dois eram totalmente diferentes e que ele valorizava a poesia de Mandelstam. Ainda que não sentisse que esta lhe falasse de perto, não era isso que importava.

"Aqui, enquanto relatava o episódio, Pasternak enveredara por considerações metafísicas sobre pontos de ruptura na história, a respeito dos quais desejava conversar com Stálin num diálogo aprofundado, de dimensão histórica. Entretanto, Stálin perguntara novamente se o poeta presenciara ou não a leitura dos versos de Mandelstam. Pasternak contestara mais uma vez que o mais importante era sua necessidade de encontrar-se com Stálin, que esse contato não devia ser postergado e tudo dependeria dele, já que falariam das coisas mais essenciais, da vida, da morte.

"'Se eu fosse amigo de Mandelstam, saberia defendê-lo melhor', dissera Stálin, e desligara o telefone.

"Pasternak tentou ligar novamente, mas não conseguiu. Todo esse episódio deve ter lhe causado um sofrimento profundo. Ele me contou ao menos duas vezes o acontecido, tal como o exponho aqui." (Isaiah Berlin, *Encontros com escritores russos: História da liberdade*, Moscou, 2011.)

O britânico afirmou ter escutado duas vezes do próprio Pasternak a história do telefonema. Isso evidencia que o mínimo que se poderia dizer era que havia nela algo nebuloso.

Alguns pontos permaneceram nebulosos. Acontecera mesmo aquele telefonema ou não? Se acontecera, seria possível reproduzi-lo com exatidão? Por fim, o relato do poeta russo fora compreendido corretamente pelo britânico?

Tratava-se em especial da segunda parte do telefonema, a que nunca houve. Ou que não poderia haver. Numa palavra, a indevida.

A digressão totalmente confusa de Pasternak provavelmente só intensificava o nevoeiro.

Tratava-se no caso de um pedido, feito pelo poeta, de uma conversa entre os dois. A resposta cortante do secretário atestava que não haveria mais conversas telefônicas com Stálin.

Aquilo era o essencial.

Pasternak talvez tivesse experimentado a sensação de não conseguir entender o outro. Quem sabe por sentir-se à sua mercê não pudera concentrar-se.

O assombroso era que mesmo após a fala do secretário, quando o poeta tentou rememorar tudo com comedimento, a incompreensão perdurara. As palavras do secretário tornavam-se inclusive cada vez mais incompreensíveis.

Pasternak talvez intuísse que elas permaneceriam assim, sem serem substituídas pelas habituais frases feitas da recusa. O camarada Stálin sente muito, mas está muito ocupado. Ou: Não perturbe o camarada Stálin. Ou, pior: O que havia a dizer está dito. Para não chegar a: O camarada Stálin não quer falar com você.

Parecia às vezes que vestígios dessas frases, jamais pronunciadas pelo secretário, transpareciam aqui e ali na fala dele.

Sobreviriam outras ocasiões em que ele se recriminaria por se inquietar mais do que devia. Ele, um grande escritor, não tinha por que quebrar a cabeça para atinar com o que passava pelos miolos do outro, mesmo em Moscou, mesmo no Krêmlin. Muito ao contrário, era ele quem ocupava um espaço entre os mistérios do mundo, se os outros tinham tanto empenho, que os esmiuçassem quanto quisessem.

Ultimamente, por exemplo, renascia com crescente frequência o rumor de que Anna Akhmátova estava morta quando escrevera parte dos seus versos.

Ao ouvir aquilo, Pasternak julgara que era uma extravagância estilística muito típica de Anna. Mais tarde parecera-lhe algo cada vez mais lógico, sobretudo quando vinculado à luz que a arte do realismo socialista deveria irradiar, em contraste com as trevas do decadentismo.

Tudo aquilo ecoava não só em infindáveis reuniões e plenárias, mas por toda parte. As pessoas davam a impressão de compreender cada vez mais quão preciosa era a ausência de luz na arte. Até imaginavam facilmente a consternação que poderia acometer o Homero de outrora, face às damas de passagem que paravam para ouvi-lo numa esquina. Como declamava bonito o rapsodo! Pena que lhe faltassem os olhos. Imaginem-se as maravilhas que produziria caso enxergasse.

Seriam necessários alguns séculos, talvez, para se atinar com a resposta mordaz: apiedavam-se do que fora o maior presente que os deuses lhe deram: toldar-lhe os olhos. Pois, os deuses sabiam, ele não carecia nem de visão nem de aparências, elas só iriam atrapalhá-lo.

Assim se evocava a cegueira de Homero, relutando em dizer se fora um castigo ou um dom. Silenciava-se a respeito, da mesma maneira como não se falava do ser humano mais próximo dele, jamais mencionado, a mulher do poeta, madame Homero. Com certeza era ela que facilitava o trabalho titânico do magistral artista. Ou que talvez escrevera seu segundo poema, a *Odisseia*, no caso de haver faltado tempo ao mestre. Quais dos seus poemas Anna escrevera quando estava, segundo ela, morta? E por que se obstinava em afirmá-lo? Podia-se concebê-lo como um "anuviamento voluntário", como se mencionava em tom de repreensão em diferentes eventos, ou podia ser algo mais profundo. A última alternativa soava como uma ameaça. Nos corredores do Instituto Górki, não eram apenas os calouros que consideravam que Chólokhov se prejudicava ao ostentar seu semblante jubiloso. Dizia-se até que ele próprio tratara de ao menos amortecer o otimismo do olhar. Em outras palavras, enevoar a visão, começando pelo uso de óculos com o grau errado, por exemplo, ou coisas do tipo.

As pessoas tinham motivos para balançar a cabeça, pasmas. Aquela era a vasta e radiosa pátria soviética, como se dizia. Repleta de cartazes, pioneiros* e comícios. Ainda assim, os enigmas surgiam ali onde menos se esperava.

O que seriam então esses olhos que cumpria enevoar? Esses telefones que soavam apenas uma vez na vida? Esses Chólokhovs de três olhos... Ou essa Anna que escrevia estando morta?

O que acontecia? Não seria a hora de um grande "Basta!" para aquilo tudo? De outra explicação?

Naturalmente.

DÉCIMA SEGUNDA VERSÃO

O que acontecia?
O tirano se divertia...

* O Movimento dos Pioneiros era a organização infantil na Rússia soviética. (N. T.)

As palavras são de Vladímir Solóviev, estudioso da época, autor do livro *O fantasma que morde seus cotovelos*, suspeito de ser agente do KGB, o que ele mesmo admitiu em 1992.

Dificilmente se poderiam encontrar neste mundo palavras mais venenosas contra os poetas. De mistura com a inveja mais sórdida dos homens da arte, ele praticava um culto doentio aos opressores desta, os tiranos. E acima de tudo o desejo secreto de que assim ocorresse de fato: que o tirano se divertisse.

A própria pergunta era má, viciosa, simplesmente por brotar de um terreno vicioso: o domínio.

O tirano e o poeta, por mais opostos que se julgassem ou proclamassem, eram dois chefões. O primeiro impacto do termo era sombrio: evocava opressão, violência, derrocada. No entanto, como sucede muitas vezes em casos assim, a linguagem humana criara empregos atenuados. A chefia ou o chefão podiam ser movidos por um espírito malévolo mas também por um artista genial, ou por uma loura sedutora.

Sob essa óptica, haveria que se buscar uma variante mais precisa para a expressão pérfida: o tirano se divertia. Divertia-se com o poeta? Ou, para se levar ainda mais longe a exatidão: poderia divertir-se ainda que assim desejasse? Em outros termos, poderia o tirano deixar o poeta de joelhos? Numa palavra, vergá--lo? E o mesmo se poderia dizer do poeta em relação ao tirano.

Em toda essa história dúbia, o âmago era composto de dois elementos: a derrubada e o trono. Embora os dois parecessem próximos, estavam distantes. Dois ou três poetas podiam compartilhar o mesmo trono, coisa que jamais acontecia com os tiranos. Assim como o trono das artes podia permanecer desocupado por alguns séculos, algo que ocorria bem menos nas tiranias. A cadência da queda era ainda mais surpreendente. Para um rei, ou, mais exatamente, para um reinado, bastava um curto instante, golpe de faca ou algumas gotas de veneno, ao passo que para o poeta um milênio poderia não bastar.

Quanto mais a comparação se mostrasse impossível, mais aumentaria a tentação de fazê-la. Seria algo sorrateiro, ambíguo, perigoso, mas talvez justamente por isso soasse mais atraente.

Para retornarmos à conversa telefônica com Stálin, ao contrário do que esperara Pasternak o tilintar do aparelho no vazio, longe de dissolver-se com a passagem do tempo, tornava-se mais e mais estridente.

Sobrevinha a tentação de não pensar mais no assunto (por que, com todos os diabos, logo ele precisaria continuar quebrando a cabeça com as miudezas daquela conversa?). O mesmo valeria para a névoa nas palavras do secretário e para tudo mais. Houvera com efeito certa névoa, naturalmente, porém talvez não tivesse sido aquilo tudo que parecera. Afinal de contas, quem falara fora um simples secretário, não fora nenhum Platão. Quanto à reviravolta de Stálin, se é que de fato ocorrera, não havia por que dar atenção a ela.

Assim ele matutava, mas isso não impedia que logo depois lhe acorresse o oposto. Que mal haveria em rememorar miudezas? Era sabido que com frequência as surpresas emanavam justamente delas. Além do mais, referiam-se a coisas fundamentais, em especial o destino de Mandelstam.

O acontecimento em si também fora algo que não se dava todos os dias. Instantes antes ele falara no telefone e em seguida já não conseguira falar. Um dos interlocutores não desligara. E apesar dos pesares os dois continuavam vivos. Pasternak, com certeza, Stálin também. Aparentemente, o morto era o terceiro, o telefone.

Pasternak estendera a mão para ele, sem sequer investigar se desejava lisonjeá-lo ou esmurrá-lo. A mão se imobilizara porque justamente naquele instante o aparelho soltara um som abafado.

Era a voz do secretário do Krêmlin.

O quê?, indagara Pasternak, enquanto o outro, com frieza, dizia exatamente algo desagradável.

Pasternak teve a impressão de pronunciar outro "o quê", ou quem sabe o mesmo, ainda mais inútil que o precedente.

As outras palavras, além de raras, soavam como vãs.

Pasternak julgou ter chegado a pronunciar o termo "mal-entendido" antes de repetir seu pedido para falar de novo com Stálin.

A resposta chegara do outro lado da linha, palavras igualmente taxativas. O camarada Stálin não... O camarada St... não, o camarada St... não tivera... talvez tempo... Talvez algo distinto... O camarada St... simplesmente não queria...

Todas juntas e talvez nenhuma.

Evidentemente nenhuma... A despeito disso, em meio a elas Pasternak pensara ter ouvido algo inacreditável.

Algo até para lá de inacreditável, a ponto de, quando lhe acorria, fazer-se acompanhar pela suspeita de que possivelmente não passara de uma invenção sua.

Exausto, ele repassou tudo mentalmente, até, a contragosto, convencer-se de que fora tudo verdade.

O inacreditável relacionava-se com uma espécie de interpretação abrandada, longínqua. A palavra "abrandada", contudo, parecia totalmente falsa, pois não só não mudava nada no cruel menosprezo pelo seu pedido de esclarecimento como eliminava qualquer esperança de este ser atendido.

O camarada Stálin... não. O camarada St. Não... O cam. St. Nunca...

Conforme o secretário, aquele telefone, em contraste com todos os outros telefones do mundo, fora criado para uso único. Em outros termos, para uma única conversação. Mais precisamente ainda, para a conversa que acabara de ter fim... Logo após esta, por um procedimento que todos ignoravam, o telefone se desfaria.

Nunca se ouvira coisa mais maluca.

Por fim acorreria a pergunta: como um telefone pode se desfazer? Junto com ela, os detalhes: de onde partiria a dissipação, dos fios, talvez, ou de coisa diferente que o cérebro não atinava. Pois era sem dúvida uma zona morta, aquele espaço desolado, do qual ele julgara entender algo mais que os outros.

Na essência, certamente. Na mais profunda essência. Ali onde as coisas são tão complexas que faltam palavras. Tal como fora o desencontro, mesmo vocal, entre poetas e tiranos.

Ele já tinha compreendido algo, naturalmente, mas nunca de modo tão implacável. E eis que o aprendizado vinha de um aparelho banal, utilizado por milhões de mãos humanas, que, espantosamente, quando menos se supunha, se encharcava de mistério.

Era possível que toda Moscou já soubesse do rumor, como sucede com todo diz que diz de porte: Pasternak desejara falar por telefone com o grande chefe, mas a própria natureza o impedira.

Fartas de conjecturas, as pessoas tenderiam a pensar que, ao que parecia, como se não bastassem os demais mistérios, chegaria o dia em que viriam ao mundo telefones que se desfariam no fim da primeira ligação.

A história costumava ser lacônica quanto ao que acontecia entre poetas e tiranos. Frequentemente a verdade cedia lugar a fantasias tão fáceis de recordar como de esquecer.

Dois doidos viviam em Roma.
Um Sêneca, o outro Nero.

Conforme um conhecido costume mortuário, o genial dramaturgo passava a maior parte de seu tempo na corte imperial.

Toda Roma comentava o fato, sem saber responder quem se divertia com o outro, se o imperador ou o filósofo. À primeira vista parecia natural que fosse o monarca. Mais ainda quando a crônica exibia a imagem final de Sêneca estendido na banheira, cortando os pulsos em obediência à ordem do outro, que exigira seu suicídio.

Assim, a cena era nítida: o mais insigne poeta de Roma, na banheira de água quente, tratando de aliviar a morte pelo calor da água e pelo cuidado com que secionava as veias. Não longe dali, o tirano de Roma, sufocando de curiosidade, esperava notícias sobre a morte. Entre os dois, dezenas de escribas e espiões que iam e vinham, transmitindo as últimas novidades: os cortes que se aceleravam ou retardavam, a água que esfriava ou esquentava, alguma eventual esperança de perdão.

Entrementes, Roma fervilha com as notícias e os boatos. A crônica, curiosamente, não registra lamentações pela morte do dramaturgo. Em vez da aflição pelo passamento do poeta, impera a ideia do confronto entre os dois.

Há tempos Sêneca está no epicentro da boataria. Além de gozar do beneplácito imperial, ele faz amor com a mãe do tirano, ao mesmo tempo tia do futuro imperador. Conforme todos os indícios, Nero sabe disso, mas não é daí que provém sua cólera. Aliás, faz tempo que Nero executou sua própria mãe, por um motivo totalmente distinto, e o tema parece estar superado entre os dois. Contudo, a irrelevância do motivo da ira (como na maioria dos impulsos tirânicos) estimula a reflexão de que a memória da humanidade, mesmo não sendo hostil, por certo não foi indulgente para com os grandes poetas.

O lugar-comum de que eles não precisam de proteção aparece aqui em sua forma mais crua. E o fato é conhecido pelos dois lados: humanidade e poetas.

A expressão "a Rússia tem hoje dois tsares", designando o imperador e o mais célebre escritor do país, Tolstói, era dessas que, embora parecendo feita sob medida para as altas esferas, poetas, cúpulas, realeza, ao contrário trespassava países e épocas, sendo facilmente adotada por qualquer um. O que parece mais difícil aquilatar é a acolhida da expressão por parte de seus personagens.

Haveria precisamente dois tipos de acolhida. O primeiro, vindo do exército infindável dos leitores, dos curiosos e de todos os amantes de livros. O segundo, emanando dos próprios contendores, o escritor e o tsar. Sobre este segundo tipo de acolhida, pode-se dizer que em lugar de congraçá-los, face a tanta popularidade, irritou os dois, o escritor mais fortemente, o tsar um pouco menos.

Voltando ao oceano de leitores, uma probabilidade esmagadora indicava que, entre os dois lutadores, a preferência era pelo escritor em detrimento do tsar.

A atração do paradoxo seria a causa principal, conhecida havia séculos.

A Rússia não podia ter dois tsares. Assim como não podia ter dois sóis ou duas luas. Entretanto, acontecera a maravilha das maravilhas: o tsar, a quem ninguém poderia substituir, foi confrontado por alguém que não possuía coroa, trono nem sinal algum de realeza.

A opinião dos concorrentes permanecia como a principal incógnita.

O tsar russo na época chamava-se Románov. Não consta nenhum julgamento seu sobre Tolstói. Muito menos alguma comparação com ele. (Algo como "a Rússia tem hoje dois Tolstóis".)

No entanto, o escritor, lamentavelmente e para nosso grande pesar, não teve papas na língua e falou o que pôde contra seu oponente. Suas ofensas pareceriam espantosas e indignas na boca de quem quer que fosse, quanto mais na do grisalho gênio russo.

A Rússia tem hoje dois tsares... A expressão desde longe soava herética. A Rússia, como qualquer monarquia, só podia ter um soberano; a duplicação do tsar, no caso, era uma hesitação em benefício do desafiante.

A expressão em nenhuma hipótese soa como desfavorável ao escritor. (A Rússia tem um tsar, não tem por que ter outro... etc.) Ao ser exaustivamente utilizada, só realçava o prestígio do homem de letras. (Pensávamos ter o tsar certo, porém eis que há este outro, que realmente...)

Como costuma acontecer com confrontos ruidosos, produziu-se aqui, entre os partidários do vencedor, a insatisfação caprichosa do gênero: Ah, se... (Nesse caso: Ah, se o desafiante tivesse se mostrado mais comedido...)

Com a passagem do tempo, os desdobramentos da assombrosa história e mais precisamente do desejo de retificá-la, haveria motivos para concluir com a indagação: É mesmo possível que o grande Tolstói se deixou levar assim?

Haveria que se buscar a resposta entre dois brados opostos: Impossível! Ou: Possível, sim, por que não?!

Liev Tolstói não era uma pessoa fechada. Suas conversas em Iásnaia Poliana, mesmo sendo com frequência delicadas, como aquelas com Tchékhov e Górki, eram amplamente conhecidas. Bastaria uma opinião dele para resolver a charada.

À primeira vista, fica a impressão de que Tolstói, longe de se pronunciar sobre o tsar russo, comporta-se como uma das poucas pessoas que desconhecem a famosa expressão sobre o duplo reinado.

Ele se refere, é verdade, a um monarca das letras, mas este não é nem tsar nem russo. Trata-se de um inglês longínquo, cujo nome Tolstói revela sem a menor precaução: William Shakespeare. E para afastar qualquer mal-entendido, como: Talvez se trate de outro Shakespeare, não daquele que conhecemos, ao mencionar títulos de obras, não se esqueça de especificar *Hamlet* e *Macbeth* como dois dos livretos vazios daquele dramaturgo inexpressivo.

É de não se acreditar no que se vê.

A insignificância do tsar monarca diante da grandeza do tsar escritor.

Impõe-se abater Shakespeare.

Este, além de não ser grande, é menos que um aborrecido.

De onde vem essa cegueira nunca vista?

Sinais de ciúme sempre transparecem aqui e ali na confraria dos gênios, mas exemplo assim nunca se viu.

Um momento de cólera? De perda da sensatez? Por que não, de demência?

Não. São milhares de ocasiões. Conversas e mais conversas. Com gente séria. A Rússia deve abater Shakespeare. E não só ela. O mundo inteiro, inclusive a Inglaterra que o engendrou.

DÉCIMA TERCEIRA VERSÃO

À guisa de epílogo

Poucas vezes se falou e escreveu tanto sobre uma conversação telefônica. Foram intermináveis análises de texto, seguidas de igualmente obstinadas interpretações contrárias. O material dos arquivos é de tal monta que, em vez de agregar credibilidade ao conteúdo da conversa, chega a despertar a suspeita de ela própria não ter acontecido.

Na realidade a conversação telefônica aconteceu. Foi no sábado 23 de junho de 1934. Estão consignados com igual cuidado os nomes dos interlocutores: Ióssif Stálin, chefe supremo do Estado mais ameaçador da época, e Boris Pasternak, escritor afamado e ao mesmo tempo malquisto por parte daquele Estado e por seu líder.

Os arquivos indicam a duração da conversa como tendo sido de três a quatro minutos. O conteúdo pleno do que disse cada personagem é claramente discernível em todos os registros. As primeiras palavras dos interlocutores especificam os lugares de onde eles se dirigem um ao outro. Um é o Krêmlin, o outro, o apartamento moscovita do escritor.

À primeira vista não há nada de obscuro, para não usarmos a palavra "misterioso", nessa troca de frases. Um dos personagens, Stálin, faz algumas perguntas ao outro, Pasternak, sobre um terceiro, outro escritor, Óssip Mandelstam, cujo nome, devido à sua prisão, está na boca de todos.

Pasternak responde de determinada maneira, mas o chefe não gosta da resposta e afinal desliga o telefone.

O episódio subitamente se complica, desembocando em outra dimensão, que poderia ser chamada "zona da morte". É ela que traz consigo os mal-entendidos e o nevoeiro que perdurarão por décadas.

Situado ao mesmo tempo em duas zonas que se excluem entre si, o acontecimento atormentará a todos nós por sua impossibilidade. Soará como um toque de alarme para tudo que impede a consciência humana de adormecer. Óssip Mandelstam não foi nem jamais será alguém solitário em seu exílio. E aqui reside, ao que parece, aquilo que, para evitarmos a palavra pomposa "imortalidade", seria mais fácil e natural, para Mandelstam e todos os seus semelhantes, chamarmos de "infinitude".

Novembro de 2018

Nota do editor albanês:

Por respeito a seus leitores, o autor solicitou da casa editora a possibilidade de uma futura publicação deste livro, com acréscimos.

ESTA OBRA FOI COMPOSTA PELO ESTÚDIO O.L.M./ FLAVIO PERALTA EM ELECTRA
E IMPRESSA EM OFSETE PELA GRÁFICA PAYM SOBRE PAPEL PÓLEN BOLD
DA SUZANO S.A. PARA A EDITORA SCHWARCZ EM AGOSTO DE 2024

A marca FSC® é a garantia de que a madeira utilizada na fabricação do papel deste livro provém de florestas que foram gerenciadas de maneira ambientalmente correta, socialmente justa e economicamente viável, além de outras fontes de origem controlada.